꽃에게 길을 묻다

꽃에게 길을 묻다

발행일   2015년 3월 5일

지은이   조 용 호
펴낸이   손 형 국
펴낸곳   (주)북랩
편집인   선일영   편집   이소현, 이탄석, 김아름
디자인   이현수, 김루리, 윤미리내   제작   박기성, 황동현, 구성우
마케팅   김회란, 박진관, 이희정
출판등록   2004. 12. 1(제2012-000051호)
주소   서울시 금천구 가산디지털 1로 168, 우림라이온스밸리 B동 B113, 114호
홈페이지   www.book.co.kr
전화번호   (02)2026-5777   팩스   (02)2026-5747

ISBN   979-11-5585-491-4 03810(종이책)
          979-11-5585-492-1 05810(전자책)

이 도서의 국립중앙도서관 출판시도서목록(CIP)은 서지정보유통지원시스템 홈페이지(http://seoji.nl.go.kr)와
국가자료공동목록시스템(http://www.nl.go.kr/kolisnet)에서 이용하실 수 있습니다.
(CIP제어번호 : CIP2015005870)

꽃기행 산문집

꽃에게 길을 묻다

조용호 글·사진

북랩 book Lab

개정판 서문

꽃은 같은 절기에 어김없이 피고 진다. 지난해 진 꽃과 올 봄에 피는 꽃은 다르겠지만 벌과 나비들에겐 그 꽃이 그 꽃일 터이다. 한결같은 자태와 향기로 다시 오는 꽃이다. 꽃 앞에서는 사람만 늙어가고 이별하는 것 같다. 죽어서 이미 사라진 이들도 있고 살아 있어도 더 이상 만나지 못하는 이도 있다.

지금 남쪽에서는 매화가 청초한 얼굴을 내밀고 바야흐로 암향을 머금기 시작했다. 매화에 이어 산수유 꽃들이 일제히 재잘거리며 계곡물 소리와 다툴 것이다. 산수유 노랑을 시샘하며 진노랑 개나리들이 유달산에서부터 북상하기 시작할 테고, 춘백은 사월까지도 서천 마량 항구에서 능금 같은 붉은 송이로 뛰어내릴 준비를 할 것이다. 해마다 되풀

이되는 풍경이지만 그때마다 정겹고 사랑스러운 축제다. 모든 살아 있는 것들을 축복하기 위한 장엄한 생의 연주다.

꽃들의 안부를 묻기 위해 떠났던 여정을 책으로 묶어낸 지 십년 가까이 흘렀다. 돌아보면 애틋한 기록이다. 절판된 이후 독자들의 꾸준한 언급과 과분한 상찬이 복간할 용기를 내게 만들었다. 꽃들은 아무리 시간이 지나도 시의에 구애 받지 않는 현재형이어서 다행이다. 개정판에는 연전에 다녀온 이란 쉬라즈 석류나무숲 사진을 추가했다. 석류의 고향이 바로 그곳 페르시아 땅이다. 파라다이스가 있다면 아마 그 석류숲과 비슷할 것이다.

사진이 추가되거나 바뀌고 디자인이 달라진 것을 빼면 내용은 초판과 같다. 그 시절 글들을 들춰보니 다시 쓰라고 해도 그렇게는 못 쓰겠다. 상대적으로 지금보다 더 순정하고 애틋한 정서를 지녔을 때여서 돌아가기 어렵다는 말이다. 지금은 생각이나 글이 훨씬 단순해진 느낌이다. 체력이 달리고 슬픔과 체념이 그만큼 깊어졌기 때문일까.

꽃들에게 다시 햇빛을 비춘 손형국 '북랩' 대표에게 감사드린다. 그는 선진적인 시스템을 구축해 새로운 출판을 시도해온 듬직한 후배다. 조판과 디자인에 공을 들인 편집진, 꽃이 먼저 당도하는 남해로 내려간

소설가 정유정 선생에게도 고맙다는 말을 전한다. 오랜만에 옛 글과 사진을 들춰보니 환한 꽃들과 희망이 더 많던 시절이 살뜰하다. 꽃들의 존재는 영원한 현재형이다. 인간만 속절없다.

2015년, 다시 봄을 기다리며

서문

　해남 땅끝마을 달마산 미황사에서 금강스님의 배려로 일주일을 보냈
다. 오래 전 소설을 쓰기 위해 이 아름다운 미황사에서 여름휴가를 반
납할 때는 기도하러 오는 이들을 위해 마련한 세심당에 머물렀는데, 이
번에는 세속의 삶에 시달린 이들이 단체로 수행하러 들어온 바람에 스
님이 송구하게도 요사채 한 칸을 내주셨다. 꽃들과 보낸 시간을 되짚어
보다 부도전까지 산책을 하기 위해 나서다 보니 요사채 입구에 세워놓
은 표지가 반대 방향으로 돌려져 있다. 바깥에서 요사채로 들어가는 입
구 표지를 보면 아무 글씨도 씌어있지 않고, 안에서 바깥쪽을 바라보면
'수행중 출입금지'가 선명하게 보인다. 물론 불목하니의 단순한 실수겠
지만, 곱씹어보면 의미심장한 구석이 있다. 선문 밖의 모든 생명들이야
말로 치열한 삶의 도량에서 수행 중인 것이다.

꽃들이라고 예외는 아니다. 꽃들은 인간을 위해 피어나지 않는다. 그들도 벌, 나비들을 끌어들여 열매를 맺기 위해 온 존재를 걸고 경쟁한다. 그들이 자라는 환경에서 새 생명을 잉태하기 위해 빛깔과 크기, 모양새까지 최적의 조건을 도모한다. 이른 봄에 피는 꽃들은 아직 황량한 대지에서 벌, 나비의 눈에 가장 잘 띄는 노란 빛깔이 대부분이고, 빛깔이 아니면 향기로 승부를 건다. 하지만 어쩌랴, 생존을 위한 눈물겨운 노력을 모르는 것은 아니지만 우리 인간들의 눈에는 그저 아름답고 사랑스런 존재일 따름인 것을. 꽃철이면 벗들과 더불어 남해로 서해로 섬진강으로 꽃놀이를 다녔다. 다시 계절이 돌아온 것을 확인하는 의미였고, 꽃을 핑계 삼아 번잡한 도시를 떠나보자는 의도였다. 이 단순한 놀이가 지난해에는 진지한 생업이 되었다. '꽃에게 길을 묻다'라는 간판을 내걸고 세계일보 주말면에 격주로 꽃 기행을 연재하게 된 것이다.

정색을 하고 돌아본 꽃들에게서 많은 위로를 받았다. 매년 만나는 섬진강 매화는 그때마다 향기가 달랐고, 청매를 띄운 맑은 술맛은 세월이 늙어갈수록 더 깊었다. 지리산 산동마을 산수유는 계곡물을 향해 쉼 없이 재잘거려 마을 사람들은 곤한 잠을 자다가 깨어 사랑을 나누곤 했다. 사월이면 경북 영덕은 무릉도원이다. 황장재 아랫길에서 동해까지 이르는 길 연변이 복사꽃 천지다. 오십 갈래에서 흘러든 오십천에 붉은 그림자가 어룽진다. 오월의 들판에 내려온 자운영 꽃구름은 지상에 둥둥 떠 있는 천상이다. 유월의 작약은 너무나 붉어서 치정이다. 남해도 외딴 바닷가에 피어 있는 치자꽃은 달콤한 향기로 심장을 압박한다. 당신이 날 버리고 다른 사람을 사랑한다면 내 사랑의 치자꽃은 죽어버릴 거라고, 지금은 가버린 부에나비스타소셜클럽의 늙은 가수는 볼레로를 불렀다.

주홍빛 치마를 차려 입은 장맛철의 석류꽃은 에덴동산의 꽃이었다. 여름의 끝에 만나는 목백일홍은 선비의 방 곁이나 절집에 피어서 백 일 동안 용맹정진한다. 구월에 피는 선운사 상사화는 황홀경의 극치다. 잎이 무성했다가 땅 속으로 흔적도 없이 스며들고, 잊을 만하면 줄기만 올라와 맨몸뚱이에 화관 같은 붉은 꽃을 피우는 상사화. 잎이 꽃을 만나지 못하고 꽃이 잎을 만나지 못해도 썩어서 서로 키우는 아름다운 생명의 사랑법을 그들은 알고 있었다. 가을이 깊어 찬 바람이 불어올 무렵 하얀 구절초가 피워내는 순결한 노래는 소박해서 눈물겹다. 그리움에 지쳐서 붉게 멍이 든 동백은 바람 불고 눈 내리는 바닷가 숲에서 겨울을 견디며 다시 봄을 준비한다. 안나푸르나 설산 밑을 걸으며 만난 히말라야 찔레꽃과 꽃기린에게도 안부를 전한다.

이들이 이 책에 수록된 주인공이지만, 그들을 정서적으로 만나기 위해서 수많은 시인들의 빛나는 감수성을 빌어야 했다. 시로 씌어지지 않은 꽃이란 꽃은 없었고, 그 많은 시들은 한결같이 인간의 고단한 삶과 사랑과 아픔을 그들에게서 보았다. 그러니 시인들은 꽃에 빚을 졌고, 나는 다시 시인들에게 빚을 졌다. 이 책으로 꽃과 시인들에게 사소하게나마 빚을 갚을 수 있다면 천만다행이다. 벗들에게도 고맙다. 홀로 다녔다면 고단했을 것을, 간간이 기행에 동참한 그들 덕분에 고단한 여행길 넉넉하게 웃고 맑은 술을 마실 수 있었다. 제대로 꽃을 만날 기회를 마련해준 선후배들과 '생각의 나무'를 키우는 분들께 감사드린다.

2006년 여름 미황사 달마전에서

꽃에게 길을 묻다

 차례

1부

2부

3부

4부

1부

달빛 서늘한 흰 치맛자락

– 섬진강 매화

섬진강 매화

매화를 찾아 섬진강에 왔다. 매년 이맘때면 매화로 하얀 구름동산을 이루는 광양시 다압면 도사리 청매실 농장 언덕은 아직 황량하다. 오는 길에 아래쪽 강변에서만 이제 막 피어나는 매화를 보았을 따름이다. 언덕과 강변의 미세한 고도 차이가 이처럼 예민하게 개화 속도를 반영한다. 청매실 농장의 어두운 나무 빛깔은 희망 없는 황량함은 아니다. 매화나무에 가까이 다가가 작은 꽃망울들을 유심히 들여다보면 세상에 나오기 위해 안간힘을 쓰는 꽃들의 아우성이 들린다. 며칠만 더 햇볕을 받으면 녀석들은 우수수 세상을 향해 고개를 내밀 것이다.

사실 매화의 개화 예정일에 맞추어 섬진강에 내려가 제대로 만개한 매화를 만난 적은 별로 없다. 몇 년 동안 예정된 날짜에 벗들이나 아니면 홀로 섬진강을 여러 번 찾았지만, 정작 산수유 개화시점에서야 만개한 매화를 만나기 일쑤였다. 산수유는 매화보다 반 박자 늦게 피는 꽃이다. 매화를 제대로 만난 건 전주 모악산에서 지리산 자락 하동군 악양면으로 거처를 옮긴 박남준 시인의 집을 찾았을 때였다. 매화는 포기하고 그저 끝물에 접어든 산수유꽃이나 보려고 벗들과 함께 시인의 집을 찾았다. 만년 노총각 시인의 선방 같은 공간에서 밤새 음악과 술에 취한 뒤 이튿날 우리는 근처 오래된 무덤 곁에 서 있는 늙은 매화나무 그늘로 갔다. 늙은 매화나무는 무게를 이기지 못할 정도로 많은 꽃송이를 매달고 있었다. 누런 잔디에 앉아 매화 가지를 올려다 볼 때 하얀 매화 송이 사이로 파란 하늘이 시리게 펼쳐지던 장면이 지금도 화석처럼 뇌수에 박혀있다.

어질머리를 일으킬 만큼 짙은 매향 속에서 우리는 무덤가 잔디에 앉아 쌍계사 야생 차밭에서 따온 녹차를 마시며 생의 짧은 평화를 한껏 누렸는데, 그 양명한 날 무덤으로 불어오는 봄바람에 매화 꽃잎이 분분히 날려 찻잔으로 떨어지곤 했다. 이보다 훨씬 전 신경림, 김용택 두 시인과 선배 한 분을 모시고 청매실농장 매화밭에서 중국 술 '백년고독'을 마실 때도 매화는 술잔 위로 떨어져 흥취를 돋웠다. 그때 신경림 시인이 "시는 영원한 아날로그"라고 말하던 기억이 난다. 디지털시대의 메트릭스형 인간들은 매향조차 수치로 환산해 감식하고 이해하려 들지 않을까. 이들에게는 차라리 인공향이 더 감미로울지 모르겠다.

예부터 매화만큼 문사들에게 사랑을 받은 꽃도 드물다. 퇴계 이황은 매화를 끔찍이도 사랑해서 그가 이질에 걸려 고생할 때는 자신의 피폐함을 매화에게 보이기 싫다 하여 매화 분재를 다른 방으로 옮기게 했다. 마지막 운명하는 순간에도 그가 남긴 최후의 말은 "매화에 물을 주라"는 것이었다. 그는 도산서원에 매화와 더불어 소나무, 국화, 대나무를 심어놓고 '절우사節友社'라고 명명한 뒤 "내 이제 매형梅兄까지도 아울러서 풍상계風霜契를 만드니/ 절개와 맑은 향기 흠뻑 알겠네"라고 읊었다. 그는 매화를 인격체로 대접하며 '매형'이라 불렀다.

매화에 빠진 이는 퇴계만이 아니었다. 고려시대 정도전도 매화에서 한파를 뚫고 피어나는 절개와 지조를 높이 샀다. 그는 "천지간에 음기陰氣가 꽉 차 있어/ 어느 곳에서 봄빛을 찾는담// 기특하기도 해라, 저토록 수척한 것이/ 얼음 서리 물리쳐 내네"라며 매화를 애틋하게 여겼다. 그러나 매화의 청아한 품격을 기리는 이면에는 여인의 관능을 연상하는 또 다른 저류가 흐르고 있다. 고결한 선비님들이 그토록 애지중지하는 매화가 기실 옥매, 월매, 매향 따위로 기생들에게 붙인 이름이었다는 점은 역설적이다. 매화 시를 남긴 문사들 또한 굳이 매화의 관능미를 숨기지 않았다.

고려시대 문사 이규보는 "옥결 같은 살결엔 맑은 향기 아직도 있는/ 선약仙藥을 훔친 달 속의 항아姮娥의 몸"이라고 매화를 표현했다. '항아'

전남 광양시 다압면 청매실 농장 언덕에서 섬진강으로 내려오는 길에 만난
우사의 매화. 우공도 매향에 젖었다.

꽃에게 길을 묻다

란 상궁이 되기 전의 어린 궁녀를 일컫는 말이거니와, 매화의 자태에서
그 어린 여인의 옥결 같은 살결과 향긋한 살 냄새를 연상한 것이다.

또 다른 문사 진화는 매화를 옅은 화장에 흰 치마를 입은 여인으로
그렸다.

봄의 신이 뭇 꽃을 물들일 때
맨 먼저 매화에게 옅은 화장을 시켰지
옥결 같은 뺨엔 옅은 봄을 머금고
흰 치마는 달빛이 서늘해라.

"막고산 신선님이 눈 내린 마을에 와/ 형체를 단련하여 매화 넋이 되었구려"라는 퇴계의 시편을 보면 이 점잖은 선비님의 속마음도 드러난다. 막고산 신선이란 살결이 빙설氷雪 같고 몸이 가볍고 보드랍기가 처자 같다는 신선 아니던가. 현대 시인들도 예외는 아니다. 미당은 "매화에 봄 사랑이 알큰하게 퍼난다/ 알큰한 그 숨결로 남은 눈을 녹이며/ 더 더는 못 견디어 하늘에 뺨을 부빈다/ 시악씨야 하늘도 님도 네가 그립단다"고 노래한 「매화」라는 시편에서 매화를 갓 시집온 어린 '시악씨'라고 불렀다. 알큰하고 달콤한 숨결로 눈도 녹이고 님도 녹이며 하늘에 뺨까지 부비는 어여쁘기 이를 데 없는 시악씨.

청매실 농장의 언덕 한 편에 이천 여 개의 항아리들이 섬진강을 굽어보며 앉아 있다. 매우梅雨가 내릴 무렵 익기 시작해 결실을 맺은 매실들을 수확한 뒤 다양한 방법으로 저장하기 위해 준비한 항아리들이다. 항아리 위편에는 왕대나무 숲이 청청한 가지들을 길게 늘어뜨리고 있다. 왕대 숲과 항아리들을 지나 강변으로 다시 천천히 내려오는데 길 옆 농가의 외양간에 황소 한 마리가 나른한 휴식을 취하는 중이다. 외양간에 갇혀 지루하게 겨울을 난 녀석의 휴식 시간도 이제 그리 많이 남지는 않았다. 바야흐로 노동의 시간이 기다리는 중이다. 녀석의 얼마 남지 않은 휴식의 세월을 일깨우기라도 하듯 외양간 처마 밑으로 활짝 핀 매화를 매단 가지들이 늘어져 있다. 언뜻 서늘한 향이 날아와 고개를 돌려보니 철 이른 매화 구경을 온 여인들 서넛이 천천히 강변으로 내려가

는 중이다. 여인의 지분냄새인지 매향인지 쉬 구별이 가지 않는다.

강변으로 내려와 본격적으로 자태를 선보이기 시작하는 매화들 곁에 서서야 그것이 여인의 냄새가 아니라 매향인 줄 알겠다. '암향暗香'은 달빛 어스름한 저녁 멀리서 은은하고 청아하게 풍겨오는 매화 향기를 일컫는 말이다. 매화의 향기는 자극적인 편은 아니어서 밤이 깊어 사위가 적막할 때 비로소 먼 곳에서도 스며드는 은은한 향기야말로 매향의 진수라 할 만하다. 매림梅林을 거닐면서 대기에 녹아 있는 매향에 젖어들면 정신이 몽롱해진다. 더욱이 매화 송이 하나 뚝 따서 술잔이나 찻잔에 띄워놓으면 그 향과 어울리는 알코올과 차의 맛이란 봄이 오기도 전

에 꽃 세상의 평화와 아늑한 정취를 온몸으로 느낄 수 있는 최고의 사치다. 일본 선종禪宗에서는 불교의 요체를 매화로 상징하면서 "한 점 매화의 수술은 삼천세계의 향香이요, 한 마음一心의 매화는 삼천대천세계의 향"이라고 단언했다.

겨울과 봄 사이 미리 피는 꽃은 자신의 존재를 더 적극적으로 벌과 새에게 알려야만 한다. 그래서 기실 추울 때 피는 꽃일수록 향은 더 강하게 마련이다. 매화 입장에서 보면 인간에게 잘 보이기 위해, 그들을 위로하기 위해 향을 만들어내는 것은 아니다. 옛 사람들은 매화 그림자가 달빛을 받아 창문에 비치는 것은 '매창梅窓'이라 했고, 매화가 바람에

흔 리는 어렴풋한 이미지는 '소영疏影'이라고 표현했다. 매화는 달밤에 잘 어울리는 꽃이다. 암향 속에서 폐부에 스미는 서늘한 아름다움을 느끼는 일이란, 아무리 매화가 생존을 위해 만들어낸 향이라 하더라도 이 풍진 세상 인간들 가슴에 켜켜이 쌓인 진애塵埃를 정화하기 위한 신의 배려로 여길 만하다.

한적한 강변의 매화나무 가지 사이로 사내 두 명이 보인다. 가만히 살펴보니 그들은 일찍 핀 매화 송이들을 따서 검은 비닐봉지 안에 포획하는 중이다. 매화도둑이다. 어렵게 갓 피어난 매화 송이를 독식하려는 인간의 무심한 탐심이 언짢다. 가까이 다가가 마뜩찮은 표정을 짓자 사

내 중 한 명이 어색하게 웃으며 말한다.

"집에 누워 있는 노인네가 오늘내일 하는데, 올 봄 매향이나 맡고 가게 하려고 내려왔더니 피어 있는 꽃이라곤 여기밖에 없네요."

석양 무렵 매화가지가 사내의 어두운 얼굴에 그림자를 드리운다. 매화는 떨어지고 매우 속에 매실을 맺겠지만, 내년 봄이면 다시 피겠지만, 인간의 육신은 죽으면 악취만 풍긴다. 부디 매화도둑의 노모가 매향 속에 아름다운 꿈을 꾸다 낙화의 암연 속으로 사라지기를. 그때까지 부디 살아 있기를.

밤하늘에 매달린 노란 이름 하나

- 구례 산수유

구
례

산
수
유

남원에 이르러 길을 잃었다. 구례로 빠지는 외곽도로를 타지 못하고 시내로 접어들어 표지판조차 보이지 않는 미로에 갇혀버렸다. 붉은 신호등이 켜진 사거리에서 차창을 내리고 길가의 사내에게 길을 물었다.

"저그로 가서, 저그로 간 담에, 쩌그로 가면 되는디…."

사내는 한 번도 구체적인 장소나 회전 방향을 언급하지 않은 채 '저그'라는 말만 열심히 되풀이했다. 답답함을 느끼기에 앞서 터져 나오는 웃음을 간신히 참아야 했다. 길을 알려주는 이에 대한 예의가 아닌 것이다. 그의 말대로 방향만 어림잡아 그냥 달리다 보니 구례로 향하는 길이 나서긴 나선다. 굳이 좌회전이니 우회전이니 하는 말을 안 써도

어차피 길은 이어져 있었을 터이다. 이제 구례 산동면 산수유마을은
얼마 남지 않았다. 도시와는 달리 느긋하고 여유롭게 생의 속도를 조절
하는 남쪽의 삶인지라, 산수유도 급할 것 없다고 개화 속도를 늦추었
던 걸까.

남원에서 구례로 이어지는 밤재터널을 지나면 바로 오른쪽 샛길로 내
려가 산수유 시목始木을 만날 수 있다. 천 년 전 중국 산둥성에서 시집
온 여인이 가져와 우리나라에 처음으로 심었다는 산수유나무다. 국도
에서 내려다보았을 때 시목은 커다란 고목나무처럼 보였다. 노란 기운
이라곤 전혀 감돌지 않는다. 만개한 꽃을 보기는 틀렸다는 생각에 가슴

이 무거워진다. 그러나 섣부른 속단이었다. 황사가 날리는 대기의 봄빛
이 시야를 희롱했을 따름이다. 활짝 피지는 않았지만 가지마다 어린 여
자아이의 젖멍울만 한 노란 꽃봉오리들이 겉꽃잎을 열어젖히고 있었다.

산수유 꽃은 두 번에 걸쳐 피어난다. 처음에는 알에서 병아리가 껍질
을 깨고 나오듯 겉꽃잎이 먼저 피고, 겉꽃이 열리면 다시 속꽃잎이 별처
럼 화사하게 터져 나온다. 조금 더 남쪽에 위치한 산동면 산수유마을
에 가면 속꽃까지 피어난 산수유를 볼지 모른다는 희망이 생긴다. 예년
의 경우라면 벌써 피고도 남았을 시점이다.

　산수유 숲 환한 꽃그늘 다시 찾아 지팡이를 끌고 지리산 자락 돌담길을 염주알 세듯 걸어 오른다. 다슬기가 몸으로 그리는 궤적같이 느린 속도가 여는 또 다른 세계의 다정한 눈길. 파란 하늘 한 포기 솜털구름 지나는 때 기다려 와삭와삭 서걱이기 시작하는 조릿대 잎새. 양지바른 바위에 붙어 꼼짝하지 않는 네 발나비 화사한 적갈색 날개 위에 내리는 걸 고운 햇살.

— 허만하, 「다슬기」에서

산동면에 이르러 상위마을로 올라가기 전에 먼저 아랫녘 상관마을에 들렀다. 시목보다는 확실히 더 많은 꽃들을 매달고 있다. 무너진 돌담 위에 솟아 있는 산수유나무가 가지를 빈 집의 마당으로 길게 드리우고 있다. 주인이 집을 비운 지 오래인 듯 마루에는 사다리와 나무토막들이 널려 있고 창호지를 바른 격자 방문은 굳게 닫혀 있다. 부엌으로 향하는 마루 옆의 빛바랜 문에도 빗장이 질러져 있다. 고추며 콩 따위를 넣고 방아를 찧었을 법한 돌확에는 붉은 옷가지만 쓰레기처럼 걸쳐진 상태다.

이 고즈넉하고 쓸쓸한 분위기는 아랑곳없이 산수유는 가지를 들이밀며 노란 안부를 전하는 중이다. 줌렌즈를 당기자 파인더에 얼핏 스치는 하얀 물건이 보인다. 부엌문 위쪽 선반에 놓여 있는 깡통에 편지로 짐작되는 하얀 봉투가 꽂혀 있다. 그리고 보니 아궁이에 불을 때기 위해 마련한 듯한 장작도 마루 밑에 가지런히 포개져 있다. 빈 집이 아닐지 모른다. 먼 곳에서 편지 보낸 이를 기다리다 지쳐 집 주인은 지리산 꽃길로 마음을 달래기 위해 잠시 출타 중인지도 모른다. 산수유꽃이 먼저 찾아와 기다리는 중인데. 산수유의 꽃말은 '지속·불변'의 의미를 담고 있다. 늘 죽 끓듯 변하는 인간들이 이른 봄에 어김없이 피어나는 작고 앙증맞은 산수유 꽃에다 자신들의 소망을 투사한 것일 게다.

돌담길을 거슬러 올라가자 마당에 슬비하게 늘어서 있는 장독대가 나타난다. 너른 마당을 거느린 제법 큰 규모의 기와집이다. 빈 집은 아닌

검붉은 간장 빛깔의 장독과
앙상한 산수유 가지에
별처럼 매달린 산수유꽃이
봄 햇살 속에 화려한 대비를 이룬다.

듯한데 도둑처럼 마당에 스며들어도 기척이 없다. 장독대 위에도 어김
없이 산수유가 가지를 드리우고 있다. 검붉은 간장 색깔의 장독과 앙상
한 산수유 가지 위에 별처럼 매달려 있는 산수유꽃이 환한 봄 햇살 속
에 화려한 대비를 이룬다. 스쳐가는 자의 단순한 감상은 꽃들의 과학적
인 생존법칙을 알게 되면 더 이상 감상으로 머물지 못한다. 산수유를
비롯한 호랑버들, 생강나무, 복수초 등 이른 봄에 피는 꽃들은 대부분
노란색을 띠게 마련인데, 이는 온통 회색과 갈색의 황량한 산과 들에서
자신들을 분명하게 주장하려는 장치라고 한다. 곤충에 의해 수분受粉이

이루어지는 이 식물들은 곤충을 유인하기 위해 가능한 한 멀리서도 눈에 쉽게 띄는 색상을 선택해야만 한다.

그래서 이 식물들에는 아직 파란 싹이 돋지 않아 회색과 회갈색 배경이 중심을 이루는 주위의 환경에서 가장 눈에 잘 띌 수 있는 보색관계인 노란색 꽃을 피워 곤충을 손쉽게 유인하려는 전략이 숨어 있다. 우리가 흔히 볼 수 있는 회색 도로의 중앙선과 어린이 보호차량을 노란색으로 정한 것과 같은 맥락이다. 말만 하지 못할 따름이지 식물들의 세상에서도 숨차고 끈질긴 생존을 향한 투쟁이 벌어지는 것이다.

사랑한다, 나는 사랑하는 사람을 가졌다

누구에겐가 말해주긴 해야 했는데

마음 놓고 말해줄 사람 없어

산수유 꽃 옆에 와 무심히 중얼거린 소리

노랗게 핀 산수유꽃이 외워 두었다가

따사로운 햇빛한테 들려주고

놀러온 산새에게 들려주고

시냇물소리한테까지 들려주어

사랑한다, 나는 사랑하는 사람을 가졌다

차마 이름까진 말해줄 수 없어 이름만 빼고

알려준 나의 말

여름 한철 시냇물이 줄창 외우며 흘러가더니

이제 가을도 저물어 시냇물소리도 입을 다물고

다만 산수유꽃 진 자리 산수유 열매들만

내리는 눈발 속에 더욱 예쁘고 붉습니다.

- 나태주, 「산수유꽃 진 자리」

41
구례 산수유

시인은 "사랑하는 사람이 생겼다, 누군가를 사랑한다"고 벅찬 가슴을 꽃에게 전한다. 식물들을 존귀한 생명체로 대접하는 이들도 점차 늘어나고 있다. 특히 시인들에게 꽃이란 흔히 대화 상대로 등장하곤 했다. 시인에게 산수유는 방정맞은 인간들보다 훨씬 믿을 만한 비밀을 나눌 상대였다. 상관마을을 떠나 산수유 노란 별꽃의 중심지인 상위마을로 올라가려고 다리를 건넌다. 계곡물이 산수유에게 전해 들은 이야기들을 쉼 없이 풀어놓는다.

상위마을은 이름 그대로 산 위쪽 마을이어서 아랫녘보다는 개화가 더딘 상태다. 만개한 장관을 보지 못하는 아쉬움이 남는다. 그래도 이곳에서 산수유와 더불어 행복했던 기억이 있다. 연전에 시골에 홀로 계시는 노모와 함께 이곳 구례 산동마을에 들러 하루 묵은 적이 있다. 바쁘다는 핑계 때문에 한 번도 제대로 어머니를 모시고 여행다운 여행을 가보지 못했다. 그때도 따로 시간을 낸 게 아니라 이곳으로 취재를 올 일이 있어, 인근 고향집에 들러 노모를 모시고 하루 짬을 낸 터였다. 많은 한국의 어머니들처럼 평생 고생만 하시다가 홀로 되어 온몸에 잔병을 달고 사시는 노모는 그날 무척 행복해했다. 천지를 노랗게 물들인 산동마을에서 한나절 머무르다 아래쪽으로 내려와 지리산 온천장 지구에서 섬진강 참게매운탕으로 저녁 식사를 한 뒤 여관에 들었을 때 노모가 했던 말은 죄송하고 서글펐다.

"야야, 신혼여행 온 것 같다 잉?"

부친이 살아계실 때는 극성스러운 시어머니에게 남편을 빼앗기다시피 했던 노모였다. 계꾼들이 어디 여행이라도 갈라치면 효자 아들은 아내 대신 어머니를 모시고 갔다. 당시에는 할머니나 어머니나 아버지는 그게 당연하다고 생각했던 모양이다. 수를 다 누리지 못하고 창졸간에 부친이 저세상으로 가버린 뒤에는 자식들 챙기느라 놀러갈 엄은 내지도 못했을 노모였다. 열아홉 살에 시집와 이제는 어느 곳 하나 아프지 않은 곳이 없는 몸을 거느리고 세월을 지탱하는 노모의 대사였으니, 어찌 죄송하고 아프지 않겠는가. 산수유야 시간만 지나면 만개하겠지만, 노모의 지나간 세월은 어떻게 피워야 할까.

노독을 풀기 위해 악양으로 간다. 늦은 밤 박남준 시인의 집에서 차를 마시다 마당으로 나섰을 때 별들이 선명하게 빛나고 있었다. 낮에 지상으로 내려왔던 별 모양의 꽃들이 밤이 되어 죄다 하늘로 올라간 것일까. 도시의 불빛이 침범하지 못하는 새까만 하늘에 온통 산수유꽃 천지다.

조그만 입술로 부르는 순결한 사랑 노래
- 유달산 개나리

유달산 개나리

개나리 만나러 유달산에 간다. 굳이 목포까지 내려가지 않더라도 개나리는 벌써 길가에 지천인데, 유달산 개나리가 서울 개나리와 무엇이 다르냐고 묻는다면 달리 할 말은 없다. 유달산 개나리는 저 홀로 피지 않고 다른 봄꽃들과 어우러져 장관이라고 말해줄까.

이미자 시디를 가져오길 잘했다. '유달산아 말해다오'가 차 안을 가득 채운다. 흥겨우면서도 서글픈 정조로 흐르는 노래, 정이 뚝뚝 떨어지는 노래. '꽃피는 유달산아 꽃을 따는 처녀야 달 뜨는 영산강에 노래하던 총각아 그리움을 못 잊어서 천릿길을 왔건만 임들은 어딜 갔나 다 어딜 갔나 유달산아 말해다오 말 좀 해다오…' 듣고 또 들으면서 따라 부른다.

꽃에게 길을 묻다

49
유달산 개나리

어린 시절 막내 고모가 좋아했던 노래다. 청이 고왔던 그 고모, 산골로 시집가면서 많이 울었다. 지금은 다 늙었다. 서해안고속도로를 타고 목포 톨게이트에 이를 때쯤에는 노래 가사를 이 절까지 다 외워버렸다. 오디오를 끄고 혼자서도 충분히 흥얼거릴 수 있겠다. 굳이 개나리가 아니더라도 유달산은 오래된 노래 가사도 확인해주듯 모든 꽃들이 함께 어우러지는 '꽃피는 유달산'이다.

개나리는 다른 봄꽃들에 비해 그리 각광받는 편은 아니다. 어디서나 흔하게 볼 수 있기 때문이다. 냄새나는 하천가에도 피고, 시끄러운 공장의 담장 밑에서도 볼 수 있다. 그래서 '개'가 앞에 붙어 개나리인가. 개백정, 개망나니처럼 천한 욕지거리의 대상 앞에 늘 애꿎은 개를 들먹이는 게 우리네 언어습관이지만 개나리는 죄가 없다. 죄는커녕 가지만 꺾어 꽂아 놓으면 어디에서든 질기게 피어나 주변을 환하게 바꾸어낸다. 개나리 보살이다.

도종환 시인도 「개나리꽃」에서 "나는 아무래도 개나리꽃에 마음이 더 간다"고 고백했다. "그늘진 곳과 햇볕 드는 곳을 가리지 않고/ 본래 살던 곳과 옮겨 심은 곳을/ 까다롭게 따지지 않기 때문"이며, "깊은 산속이나 정원에서만 피는 것이 아니라/ 산동네든 공장 울타리든 먼지 많은 도심이든/ 구분하지 않고 바람과 티끌 속에서/ 그곳을 환하게 바꾸며 피기 때문"이고, "검은 물이 흐르는 하천 둑에서도 피고/ 소음과 아우성 소리에도 귀 막지 않고 피고/ 세속이 눅눅한 땅이나 메마른 땅을/ 가리지 않고 피기 때문"이라는 것이다.

하지만 개나리도 어디에서 어떤 무리와 함께 피느냐에 따라 품격이 사뭇 달라진다. 초봄의 유달산은 개나리를 가장 아름답게 거느리는 산이다. 꽃축제가 끝난 유달산은 번잡한 손님들을 다 보내고 난 뒤 홀가분한 자태로 한껏 물이 올라 있다. 유달산 순환로 초입에서부터 산등성이는 노란빛 천지다. 순환로 구비를 돌아 체육공원으로 올라가는 산책로에 이르러서부터 유달산 개나리의 진면목이 드러나기 시작한다.

이미 겨울 끝자락에 먼 남쪽 섬까지 봄을 영접하러 갔던 동백이 이곳에서는 개나리와 더불어 춘백으로 여기저기 피어 있다. 현기증이 날 정도로 노란 개나리 빛깔의 바탕색 때문에 춘백의 붉은 빛깔이 더욱 도드라져 보인다. 개나리의 가느다란 가지들이 동백나무를 에워싸고 희롱하듯 능청거린다. 동백뿐만이 아니다. 벚꽃과 목련이 함께 어우러진 곳도 눈에 띈다. 노랑 바탕의 붉은 꽃도 아름답지만, 노랑 바다에 떠 있는 흰 꽃들의 배색도 따뜻하고 경쾌하다. 유달산에서도 개나리 보살은 배경이 되어 다른 존재들을 더 돋보이게 하는 역할에 충실하다.

개나리 숲길에서 노인 하나가 지팡이를 짚고 걸어 나온다. 빨간 사과를 주렁주렁 매단 것 같은 키 큰 동백나무 한 그루가 노인을 굽어보는 중이다. 노인은 천천히 꽃길을 걷다가 힘이 부치는지 꽃그늘 아래 주저앉아 바다를 내려다본다. 벚꽃 가지가 길게 팔을 내밀어 노인의 백발을 매만지려 한다.

한번은 보았던 듯도 해라

황홀하게 자지라드는

저 현기증과 아우성 소리

내 목숨 샛노란 병아리 떼 되어 순결한 입술로 짹짹거릴 때

그때쯤 한번은

우리 만났던 듯도 해라

몇 날 몇 밤을 그대

눈 흡떠 기다렸을 것이냐

어쩔거나

그리운 얼굴 보이지 않으니

4월 하늘

현기증 나는 비수로다

그대 아뜩한 절망의 유혹을 이기고

내가 가리

– 김사인, 「개나리」

유달산 개나리

　노인도 어느 한 시절, 사월의 하늘에서 현기증을 느꼈을 것이다. 그것
이 역사의 현기증이었든, 사랑하는 사람과 황홀하게 자지러드는 봄밤의
멀미였든 이제 모두 노인에게는 추억이다. 추억은 곤충채집하듯 어떤 기
억을 뇌수에 꽂아둔 영원한 현재형의 시간이기도 하다. 그렇지만 어쩔
거나, 개나리가 순결한 입술로 그때처럼 짹짹거리며 아무리 위무해도
그리운 얼굴 보이지 않으니.

　해가 얼마 남지 않아 부지런히 산책로를 돌아다니며 셔터를 눌러대는
데 어김없이 어두워지기 시작한다. 개나리와 목련과 벚꽃과 동백 사이
에 파묻혀 땀을 흘리다가 언뜻 눈을 들어 정상 쪽을 쳐다보니 개나리

가 가을 단풍처럼 무거운 노랑으로 일몰의 역광에 빛난다. 개나리 건너 어둑한 길 위로 유달산 정상의 검은 바위들이 보인다. 화려한 빛깔들에 취해 있던 뇌수의 한구석이 서늘해진다.

어떤 사람에게는 봄이 기쁨이 아닐 수 있다. 이 찬란한 빛깔의 바다에서도 그는 죽음을 떠올린다. 꽃을 피우기 전에, 이파리도 하나 내놓기 전에, 봄은 그의 누이를 소리 없이 꺾어갔으므로. 그에게 봄은 아프고 어둡지만 세상 사람들은 봄을 새로움, 어린 생명, 환한 것의 이미지들로 덧없이 채색한다. 봄과 죽음을 나란히 놓는다 한들 그들에게는 오히려 생명의 후광만 더 화려하게 부각될 뿐이다. 그러나 스물아홉의 젊은 나이에 훌쩍 세상을 버린 기형도에게 봄은 죽음의 이미지가 압도했다. 어디를 가나 요란하게 봄 나팔을 불어대는 개나리는 그에게 철없고 속절없는 어린 것일 뿐이었다.

개나리 노랑 바다에 동백꽃과 벚꽃이 떠 있다.
유달산에서 개나리 보살은 스스로 배경이 되어 다른 존재를 밝힌다.

누이여

또다시 은비늘 더미를 일으켜 세우며

시간이 빠르게 이동하였다.

어느 날의 잔잔한 어둠이

이파리 하나 피우지 못한 너의 생애를

소리 없이 꺾어갔던 그 투명한

기억을 향하여 봄이 왔다.

(중략)

봄은 살아 있지 않은 것은 묻지 않는다.

떠다니는 내 기억의 얼음장마다

부르지 않아도 뜨거운 안개가 쌓일 뿐이다.

잠글 수 없는 것이 어디 시간뿐이랴.

아아, 하나의 작은 죽음이 얼마나 큰 죽음들을 거느리는가

나리 나리 개나리

네가 두드릴 곳 하나 없는 거리

봄은 또다시 접혔던 꽃술을 펴고

찬물로 눈을 헹구며 유령처럼 나는 꽃을 꺾는다.

– 기형도, 「나리 나리 개나리」에서

어떤 대상을 치 떨리게 증오할 에너지만 남아 있어도 죽음보다는 삶 쪽에 더 가까이 서 있다고 말할 수 있다. 시인이 찬물로 눈물을 닦고 꽃을 꺾는 동작에는 원망도 미움도 깃들지 않는다. 깊은 어둠만 깔려 있다. 어두워지는 유달산을 내려와 북항으로 간다. 아직도 식민지 시절의 일본식 적산가옥들이 퇴락한 빛깔로 여기저기 서 있는 항구의 거리다.

오래 전 헤어졌던 연인이 항구의 불빛을 등지고 환영처럼 등장할 것 같다. 그리움도 병이다. 차라리 부딪쳐서 환상을 깰 수 있다면 그 편이 낫다. 비우고 털어낸 자리에도 봄이 오면 개나리 보살 같은 꽃들이 새롭게 깃들지 않을는지. 영원히 만날 수 없다면, 그가 이미 이 세상에 없는 사람이라면, 그 사람을 가슴에 묻어둔 이는 내내 슬프다. 시인은 가슴속 봉분을 파헤치러 그리 서둘러 갔을까. 어두운 항구의 포석을 걷는다. 빈집들이 많다. 찬물로 눈을 헹구고 유령처럼 길을 떠난 시인의 나라에도 봄은 왔는지. 항구의 봄밤이 깊어간다.

유달산 개나리

하염없이 심사가 붉어진 까닭
— 영덕 복사꽃

영덕 복사꽃

황장재 구빗길을 넘어간다. 안동에서 영덕으로 넘어가는 관문이자 무릉도원으로 내려가는 고갯길이다. 바야흐로 영덕까지 34번 국도 연변에 복사꽃 붉은 바다가 기다리고 있다. 춘정을 달래며 구불구불한 길을 내려와 천천히 달려나가는데 아무리 둘러보아도 도화 가지에 꽃이 없다. 주초에 영덕군청 공무원에게 들었던 말이 실감난다. 주말에는 꽃이 질지도 모르니 빨리 와야 한다고 그는 전화선 저쪽에서 걱정했다.

공무원의 말을 믿지 않은 게 화근이었을까. 믿고 싶지 않았을지도 모를 일이다. 올해는 꽃들이 최소한 이주일 정도 늦게 피는 데다, 몇 년 전 이맘때 이곳에 들렀을 때도 꽃은 절반밖에 피지 않았었다. 그 감각

을 너무 믿은 게 잘못인 모양이다. 서서히 영덕을 향해 달리기는 하지만, 암담한 마음은 어쩔 수 없다. 혼자서만 왔다면 그저 쓸쓸하게 돌아가면 그만인데, 복사꽃 자랑을 해대는 바람에 벗들까지 따라오는 길 아닌가. 영덕 쪽으로 내려갈수록 개화시기가 빠른데, 바닷가보다 더 늦게 꽃을 피우는 내륙 쪽 황장재 아랫길에 복사꽃이 다 졌다면 더 이상 달려본들 소득이 없을 건 뻔하다.

"흰 복사꽃이 진다기로서니/ 빗날 같이 뚝뚝 진다기로서니/ 아예 눈물짓지 마라 눈물짓지 마라……"(「서정가抒情歌」)던 신석정의 슬픔을 지는 복사꽃이라도 보았다면 함께 느꼈으련만, 복사꽃은 피었는지 졌는지 여

전히 흔적도 없다.

옛날부터 대부분의 문사들은 복사꽃에서 요염한 여인의 이미지를 떠올리거나 고향의 상징적인 꽃으로 대접했다. 석정은 유난히 지는 복사꽃에 더 연연했다. 식민지의 우울 때문이었을까. 물론 그 또한 복사꽃에서 고향을 떠올리기는 했지만 그때마저도 "한 이파리/ 또 한 이파리/ 시나브로 지는/ 지치도록 흰 복사꽃"을 언급하며 "늙으신 아버지의/ 기침소리랑/ 곤때 가신 지 오랜 아내랑/ 어리디어린 손주"를 그리워했다.

암담한 심사로 달려가는 국도 연변에 언뜻 붉은 기운이 스치는가 싶더니 복숭아나무 가지에 서서히 꽃이 보이기 시작한다. 필름을 거꾸로 돌리는 것처럼 떨어진 꽃들이 나뭇가지로 달라붙는 중인가. 뛰는 가슴을 쓸어내리며 유심히 보니 복사꽃 붉은 여인들은 막 화장을 마치고 '열여덟 아가씨의 풋마음 같은/ 새빨간 순정의 봉오리'(유치환, 「복사꽃 피는 날」)를 선보이는 중이다. 꽃이 진 게 아니라 피기 시작한 것이다. 책상물림 공무원의 한마디에 너무 낙담한 사실이 억울하긴 하지만 바야흐로 꽃을 볼 수 있으니 그나마 다행이다. 영덕 쪽으로 나아갈수록 붉은빛은 더 진해진다.

이생진 시인이 "임자 없는 복사꽃 상사병에 걸려/ 눈부신 햇살에 뒤틀리고 있다/ 모두 홀랑 벗었다"(「홀랑 벗은 복사꽃」)고 흥분했던 것처럼 아닌 게 아니라 복숭아나무 가지들은 몸을 비틀며 교태를 부리고 있는데 그 정점에서 복사꽃 붉은 얼굴이 요염하다. 엷은 회색빛 가지를 손으로 쓰다듬어보니 여인의 살처럼 매끄럽다. 이런 모습 때문에 사주팔자에 '도화살桃花煞'이 끼면 남자든 여자든 과도한 성욕으로 재앙을 당하게 된다고 믿었던 모양이다.

인간들이 복사꽃을 희롱하며 춘정은 춘정대로 즐긴 뒤 돌아서서 욕을 해대는 꼴이니 도화나무는 억울할 수도 있겠다. 이생진 시인은 "나만 아는 한 그루 복사꽃나무/ 내가 갈 때마다 흥분한다"(「복사꽃」)고 애꿎은 복사꽃 여인을 희롱했다. 그런가 하면 풋내 나는 사랑의 비릿한 아름다움을 애교스럽게 복사꽃 연분홍 이슬비로 적시는 시인도 있다.

한길로만 오시다

한고개 넘어 우리집.

앞문으로 오시지는 말고

뒷동산 새이시길로 오십쇼.

늦은 봄날

복사꽃 연분홍 이슬비가 나리시거든

뒷동산 새이시길로 오십쇼.

바람 피해 오시는 이처럼 들레시면

누가 무어래요?

― 정지용. 「무어래요」

영덕이 가까워질수록 황장재 아랫녘에서 낙담했던 사실이 우스워진
다. 전혀 웃기지도 않는 얘기로 썰렁하게 잘 웃기는 머리칼 적은 벗 하
나가 말한다.

"어, 꽃들이 떨어졌다가 붙었네?"

"야, 공무원들 나와서 일일이 다시 붙이느라고 고생깨나 했겠다."

"기상청에서 그렇다니까 그런 거지, 그거이 꼭 공무원 탓이냐?"

"그려, 내 탓이여!"

중구난방 오가는 얘기에 서둘러 쐐기를 박는데 마침 오십 갈래에서

꽃에게 길을 묻다

오십천에 얼비치는 복사꽃 그림자. 저 강 언덕 모서리쯤 어드메 무릉도원 입구가 숨어 있을까.

영덕 복사꽃

물이 흘러든다는 '오십천' 위로 복사꽃 붉은 그림자가 얼비치는 선경이 나온다. 차를 멈추자 벗들은 일제히 오십천 언덕으로 구르듯 내려간다. 오십천 강물은 지는 해에 눈이 부시고, 언덕 위 도화나무들은 한껏 붉다. 노란 유채꽃과 초록 잔디 사이에 듬성듬성 서 있는 도화나무의 붉은 가지가 배경 때문에 더 화사하다. 이 도원경에 술 한 잔 빠질 수 없다. 명색이 벗이란 녀석들이 나는 운전수라는 핑계로 지들만 캔맥주를 홀짝거린다. 술이 없으면 또 어떠랴. 강 언덕에 저마다 몸을 비틀며 꽃을 매단 도화나무 붉은 밭으로 석양이 내리기 시작한다. 강물도 붉고 언덕도 발갛다. 이백이 이런 정경을 일컬어 '별유천지비인간別有天地非人間'이라 했을 법하다. 뒤집어보면 인간세상의 풍경이 이렇듯 아름다울 수 없으리라는 비애가 깔려 있는 표현이기도 하다. 너무 아름다우면, 너무 행복하면, 불행에 더 익숙한 인간들은 그 상황을 흔쾌히 받아들이지 못한다. 심지어 슬픈 일이라도 생겨 달라고 기도하는 시인까지 있다.

복사꽃 피고, 복사꽃 지고, 뱀이 눈 뜨고, 초록제비 무처오는 하늬바람 우에 혼령 있는 하눌이어. 피가 잘 도라… 아무 病도 없으면 가시내야. 슬픈일좀 슬픈일좀, 있어야겠다.

— 서정주, 「봄」

비애의 유전자라도 흐르는 것일까. 유치환은 「복사꽃 피는 날」에서 "내 호젓한 폐원廢園에 와서/ 가느다란 복숭아 마른 가지에/ 새빨갛게 봉오리 틀어 오름을 보았"다며 "오오 나의 우울은 고루固陋하야 두더쥐/ 어찌 이 표묘漂渺한 계절을 등지고서/ 호을로 애꿎이 가시길을 가려는고// 오오 복사꽃 피는 날 왼종일을/ 암癌같이 걸리는 나의 심사心思여" 라고 영탄한다. 복사꽃을 보아도 춘정이 동하지 않는 우울한 심사를 그는 슬퍼한다.

식민지 세월을 거쳐 21세기에 접어들면서 비애의 유전자는 디지털시대와 맞물려 화학변화라도 일으킨 것일까. 오세영 시인은 "이제 붙들지 않을란다./ 너는 복사꽃처럼 져서/ 저무는 봄 강물 위에 하롱하롱 날려도 좋다 아니면/ 어느 이별의 날에/ 네 뺨을 적시던 눈물의 흔적처럼/ 고운 아지랑이 되어 푸른 하늘을 어른거려도 좋다"고 「이별의 날에」에서 짐짓 호기를 부린다. 어두워지는 무릉의 언덕을 떠난다. 영덕의 푸른 바닷가로 가서 '도화살' 스며든 붉은 가슴을 씻어야 하리라.

그마저 쉽지는 않다. 안도현 시인은 "이 지상에는 없는 복숭아밭이 바닷속에 있는 게 틀림없다/ 수족관 속 저 도미 좀 보아라,/ 꽃 핀 복숭아나무에다 얼마나 몸을 비벼댔으면/ 저렇게 비늘 겹겹이 발갛게 물이 들었겠느냐/ 사랑이란, 비린 몸을 달구는 일이었으리라"(「도미」)라는 시로 바다 밑에까지 도화나무를 심어놓았다. 안도현이 보기는 제대로 본 모양이다. 영덕항 바닥에는 붉은 대게가 즐비하다. 이른 아침에 들어온

배들이 포구에 대게를 부려놓자 중매인과 인근 상인들이 몰려와 경매인
이 주문처럼 웅얼거리는 소리에 손가락을 폈다 오무렸다 정신이 없다.
항구의 뱃전에서는 지난밤 노동의 피로를 달래는 뱃사람들의 술추렴이
한창이다. 붉은 대게 위로 동해의 맑은 아침 햇빛이 비친다. 대게가 붉
어진 것도 사랑 때문인가.

설산을 타고 넘는 방울소리

- 히말라야 찔레꽃

히말라야 찔레꽃

꽃을 보기 위해 히말라야에 간 건 아니다. 만년설이 눈을 찌르는 설산을 보기 위해 그곳에 간 것도 아니다. 어쩌다가 우연과 인연이 겹쳐 미처 준비도 할 겨를도 없이 네팔 카트만두로 날아갔고, 포카라를 거쳐 히말라야 산맥의 고지대 '좀솜'에 경비행기를 타고 내렸다. 해발 2,713미터에 자리 잡은 좀솜은 바야흐로 우리가 안나푸르나 산군山群을, 보다 정확하게 말하자면 그 산들 아래 마을과 마을을 잇는 외길을 걷고 또 걷는 장정을 시작하는 지점이었다. 더 자세하게 말하자면 이 경우 '우리' 란, 히말라야가 배경으로 등장하는 박범신 장편소설 『나마스테』의 무대를 찾아 한국에서 자발적으로 모인 서른세 명의 독자들이다. 이십 대에

서 육십 대까지, 남녀와 노소가 고루 섞인 그들과 엿새 동안 걷는 일이 나에게 주어진 임무였다. 그러니 걷다보면 꽃을 만날 것이라는 막연한 기대는 있었지만, 만나지 못한다 하더라도 어쩔 수 없는 일이었다.

고원지대답게 좀솜의 풍경은 삭막했다. 가까운 산은 나무나 풀이 거의 없는 회갈색 민둥산이었고, 바람이 쉼 없이 불었다. 멀리 하늘 가까이 닐기리봉 하얀 머리가 햇빛을 받아 빛나고 있었다. 봉우리에서 노인네의 흰 머리칼처럼 희미하게 설연雪煙이 일었다. 눈에 보이지는 않지만 칠천 미터가 넘는 산꼭대기에는 바람이 지상보다 더 거세게 불어 만년 빙설까지 날리는 모양이다. 일행은 앞서거니 뒤서거니 묵묵히 마르파를 향해 걷기 시작했다. 인생이 그런 것처럼 같이 걷지만 따로 걷는 길이다. 히말라야 빙설이 녹아내려 형성된 칼리간다크 강을 따라 걷는 길에는 흙먼지가 날렸다. 고지대와 저지대의 기압 차이로 인해 이곳에는 늘 바람이 멈추지 않는다. 걷는 내내 귓전에서 웅웅거리는 소리가 떠나지 않았다.

길에서 마주치는 첫 풍경은 짐을 지고 가는 사람과 당나귀들이다. 사람은 사람대로 등에 산처럼 거대한 짐을 지고 허리를 구부린 채 바람을 피해 걷고, 나귀들은 숙명처럼 등 양쪽에 짐 두 개를 늘어뜨리고 방울 소리를 딸랑거리며 걷는다. 어린 소녀도 등에 진 커다란 대바구니 짐을 잠시 돌무더기 위에 내려놓고 설산을 배경으로 수줍은 듯이 카메라를 응시한다. 오십 대쯤으로 짐작되는 네팔 사내 하나는 허리를 구부린 채 짐을 지고 걷다가 뜨악한 표정으로 고개를 든다. 저마다 무거운 짐을 진 사람과 나귀들이 지나가는 칼리간다크 강 연변에 하얀 꽃이 바람에 흔들리고 있다.

잎은 뾰족하고 줄기마다 날카로운 가시가 달려 있다. 꽃 색깔은 화려하지 않다. 흰색이긴 하지만 설산의 선명한 흰 빛깔과는 분명히 다르다. 눈부신 설산보다 어둡고 지상의 회갈색보다 환하다. 조금도 자신을 화려하게 장식하려는 의지는 꽃에서 보이지 않는다. 처음에는 그 꽃이 바람꽃인 줄 알았다. 아니, 바람꽃이었으면 싶었다. 고원의 바람 속에 피어 있는 바람꽃, 얼마나 근사한가. 기억 속 바람꽃은 키가 작아 낮게 옆

드려 피는 꽃이다. 단지 흰 빛깔만 같을 뿐이다. 찔레꽃이었다. 한국의 산야에 여름이면 지천으로 피어나는 바로 그 찔레꽃이다. 히말라야 찔레꽃. 한국인의 정서에 각인된 찔레꽃의 이미지는 순박, 소박, 고향, 슬픔이다. 어린 시절 가난한 고향의 산야에서 만났던 순한 여인의 이미지이기도 하다. 찔레꽃으로 만든 노래도 많다.

"엄마 일 가는 길에 하얀 찔레꽃, 찔레꽃 하얀 잎은 맛도 좋지 배고픈 날 하나씩 따먹었다오 엄마엄마 부르며 따먹었다오 밤 깊어 까만데 엄마 혼자서 하얀 발목 아프게 내려오시네 밤마다 꾸는 꿈은 하얀 엄마 꿈 산등성이 너머로 내려오시네 가을 밤 외로운 밤 벌레 우는 밤 초가

집 뒷산길 어두워질 때 엄마 품이 그리워 눈물나오면 마루 끝에 나와 앉아 별만 셉니다."

구전가요로 내려오는 노래 '찔레꽃'이다. 가난과 그리움과 외로움, 추억이 어우러지는 동요 같은 노래다. 찔레꽃의 어떤 속성이 이런 이미지를 부추기는가. 찔레꽃의 '찔레'라는 표현은 그 순박한 꽃줄기에 돋아난 가시에서 유래했을 것이다. 순박하고 소박한 하얀 찔레가 비록 줄기에 둘레둘레 가시를 매달고 있긴 하지만, 가시는 투박하고 험상궂은 사내의 솥뚜껑 같은 손에는 박히지도 않는 연약한 장식일지 모르지만, 찔레에게는 자존의 표징이다. 무릇 연약한 것일수록 제 몸에 돋우는 가시는 더 날카로울 수밖에 없다.

나는 한 그루 찔레꽃을 찾고 있었다

가라앉은 어둠 번지는 종소리

보리 팬 언덕 그 소녀를 찾고 있었다

보도는 불을 뿜고 가뭄은 목을 태워

마주치면 사람들은 눈길을 피했다

겨울은 아직 멀다지만 죽음은 다가오고

플라타너스도 미루나무도 누렇게 썩었다

늙은이들은 잘린 느티나무에 붙어 깊고 지친 기침들을 하는데

오직 한 그루 찔레꽃이 피어 있었다

냇가 허물어진 방죽 아래 숨어 서서

다가오는 죽음의 발자국을 울고 있었다

- 신경림, 「찔레꽃」에서

찔레꽃이 슬픔의 이미지로 한국인에게 다가선 이유는 신경림의 「찔레꽃」이 말하듯 초여름 무렵의 가난 때문이었을지도 모른다. 날은 갈수록 더워지고 보릿고개는 간신히 넘었지만 여전히 허기진 배로 논일 밭일로 드나들어야 했던 사람들에게 저 홀로 고고하고 하얗게 얼굴을 내밀고 있는 찔레꽃. 고된 노동이 끝난 달밤의 귀갓길, 그 시절의 한숨이 한국인의 농촌 유전자에 그렇게 새겨놓은 것일까. 양희은의 노래 '찔레꽃 피

면'에도 차가운 슬픔이 배어 있다. "찔레꽃 피면 내게로 온다고 노을이 질 땐 피리를 불어준다고 했지 찔레꽃 피고 산비둘기 울고 저녁 바람에 찔레꽃 떨어지는데 너는 이렇게 차가운, 차가운 땅에 누워 저기 흐르는 하얀 구름들만 바라보고 있는지, 바라보고만 있는지." 찔레꽃은 상실의 이미지이자, 죽은 자의 서글픈 약속으로 등장한다.

백난아가 부른 '찔레꽃'도 마찬가지다. "찔레꽃 붉게 피는 남쪽나라 내 고향 언덕 위에 초가삼간 그립습니다 자주고름 입에 물고 눈물 흘리며 이별가를 불러 주던 못 잊을 사람아 달 뜨는 저녁이면 노래하던 새 동무 천리 객창 북두성이 서럽습니다 작년 봄에 모여 앉아 매일같이 하염없이 바라보던 즐거운 시절아." 붉게 피는 찔레꽃은 백과사전에 없다. 하얀 꽃이 대부분이고 연분홍 꽃도 있다는 보고는 있다. '붉게' 핀다는 수사는 그토록 붉게 가슴에 멍울졌다는 과장된 표현일 것이다. 히말라야 고원지대의 찔레꽃은 붉지도, 서럽지도 않다. 고원의 바람과 꼿꼿하게 맞서고 있을 따름이다. 옆에서 걷던 소설가 박범신은 이렇게 높은 지대에서 살아남기 위해서 저 꽃나무는 지하 수 킬로미터까지 뿌리를 내려 물을 뽑아 올리는지 모른다고 말했다.

길은 길을 따라 이어지고, 그 길을 하염없이 걷다보니 풍경은 연속 슬라이드 화면처럼 부드럽게 바뀐다. 비에 젖은 사과나무가 연도에 늘어선 마르파의 길도 지나고, 백년 넘은 곰파(티베트식 사원)도 지나간다. 『나마스테』의 주인공 네팔 청년 카밀이 태어나고 자란 소설 속의 고향이다.

맑은 햇빛이 사과밭에 가득 내리는데 연한 녹색 사과나무 이파리와 그 배경의 흰 설산이 조화롭다. 초여름의 연록과 고지대의 하얀 설산이 평화롭게 어울리는 풍경은 이곳이 아니면 어디에서도 보기 힘든 풍경일 것이다. 만년 빙설 녹은 물에 머리를 감는 여인네 곁도 스치고, 자갈들만 널린 하상河床의 허연 돌밭도 지나는데, 설산 깊고 신령한 어느 곳에선가 굿이라도 벌이는 양 징 소리와 양금 소리가 귓전을 서서히 덮기 시작한다. 둥둥, 쟁강쟁강……. 갑자기 내리는 비에 온 몸이 시려 발등만 내려다보며 고통을 참고 걷다가 눈을 들어보니, 멀리 칼리간다크 하상으로 무거운 짐을 진 당나귀 떼가 목둘레에 숙명의 표징처럼 여러 개의 종을 매달고 걷는 중이다.

꽃에게 길을 묻다

히말라야 찔레꽃

붉지도, 서럽지도 않게

– 히말라야 꽃기린

히말라야 꽃기린

대부분 자기 안에서 북받치는 설움 때문에 울겠지만, 자기 외의 사람이나 사물에 유난히 민감하게 반응해서 자주 우는 이도 있다. 히말라야에 왔던 여인 하나는 겉으로는 명랑해보였지만 유독 잘 울었다. 아마도 후자에 속하는 울보일 것이다. 울기 위해서는 불가피하게 무장해제할 수밖에 없다. 이런저런 눈치보고 체면을 차리다 보면 울기도 쉽지 않다. 혼자 있는 자리가 아니라 다른 이들과 함께 있을 때 우는 울음은 더욱 그렇다.

히말라야 트레킹 과정에서 로지에 묵을 때 박범신 선생을 중심으로 밤에 독자들이 모여서 얘기를 나누곤 했는데, 그때 그 여인은 유독 자

험한 고갯길 오르며 주인은 피리를 불고,

주 울었다. 물론 선생이 '시범'을 보인 탓도 컸을 것이다. 선생도 자주 눈물을 흘리는 편이다. 처음에는 당혹스러웠지만 나중에는 부러웠다. 독한 인간들일수록 우는 게 어디 쉬운 일인가. 웬만한 감성으로는 선생의 연배에서 울기도 쉽지 않다. 울음은 강한 전염성을 지니고 있어서 선생이 울자 함께 눈물짓는 이들이 많았는데, 그 여인은 사실 선생의 '시범'이 아니더라도 언제든 울 준비가 돼 있었던 셈이다.

히말라야에 가는 사람들은 크게 두 부류로 나뉜다. 하나는 물론 산이 좋아 산에 가는 등산가형. 산 좋아하는 이들치고 히말라야 설산을 오르거나, 그도 아니면 그 아래 산길이라도 걷고 싶지 않은 이 뉘 있을

피리 소리에 취한 나귀는 잠시 무게를 잊었다.

까. 그러니 이들을 논외로 친다면 나머지 부류는 속 깊은 곳에서 해방
감을 원하는, 상대적으로 순수에 대한 갈망이 다른 이들보다 더 간절한
사람들일 가능성이 높다. 깊은 오지의 산골을 비싼 경비를 들여 일부러
찾는 이들에게는 문명의 찌든 때와 세속의 범박한 일상을 잘 견딜 수
없는 피가 흐르고 있을지 모른다.

그 여인은 그냥 산이 좋아 산에 온 여인이 아니었다. 도시에서 살다가
귀농을 했는데, 히말라야에 오기 전 간 부위에 종양이 생겼다는 진단
을 받았단다. 그 종양이 악성인지 양성인지, 위험한 것인지 아닌지는 정
밀검사를 받아보아야 안다고 했다. 그녀는 검사를 히말라야에 다녀온

뒤로 미루어두었다고 했다. 히말라야에서 자연치유라는 선물이라도 받고 싶었던 걸까. 생명이 자연의 것이라면 히말라야의 창자 속을 거니는 일은 생명 그 자체를 껴안는 따뜻한 '의식'일 터이다.

네팔 말로 '따또'는 '따뜻한'이라는 형용사이고, '바니'는 물이다. 그러니 '따또바니'는 '따뜻한 물'이다. '따또'는 단어의 울림만으로도 '따뜻하다'는 우리말의 어감과 비슷하다. 먼지 낀 허름한 나무 의자와 탁자가 전부인 산길의 찻집에서도 '따또바니'를 외치곤 했다. 따뜻한 물 한 컵을 주문한 것이다. 네팔에서 가장 많이 쓰는 '나마스테'라는 인사말 다음으로는 히말라야 트레킹에서 가장 요긴하게 써먹을 수 있는 말이 따또바니일 것이다. 히말라야 안나푸르나 산군 아랫마을 '따또바니'에 가면 온천수에 몸을 담글 수 있다고 했다. 트레킹 여정의 중간쯤 '가사'의 로지에서 일어나 따또바니를 향해 다시 하루치 걷기를 시작했을 때, 며칠 동안 제대로 씻지도 못했던 피로를 이곳에 가면 흔쾌히 보상받을 수 있다는 기대가 컸다.

'꽃기린'을 만난 것은 비가 오락가락하던 오후 무렵이었다. 따또바니가 그리 멀지 않다는 희망에, 지친 발걸음을 재촉하는데 작은 마을의 돌담 위에 빨간 꽃들이 보이기 시작했다. 제주도처럼 길가 밭 경계선에 돌담을 쌓아놓았는데 한결같이 그 담 위에 빨간 꽃들이 피어 있었다. 아프리카 동남쪽 인도양에 떠 있는 마다가스카르가 원산지라는 이 꽃기린은 한국에서는 주로 화분에 재배하는 관상용으로 인기가 높은 품종이다. 본디 이 미터가 넘는 키를 자랑하지만 우리는 분재로 키우다 보니 작달막한 꽃으로만 알고 있다. 몸체에는 가시가 무성하고, 작고 둥글고 앙증맞은 꽃들이 대여섯 송이씩 무더기로 한 개의 꽃대에 매달려 있다. 야생으로 자라는 히말라야 꽃기린은 가지를 길게 담장 바깥으로 늘어뜨리고 원산지의 꽃처럼 늘씬한 키를 자랑하고 있었다.

왜 이곳 야생 꽃기린은 한결같이 돌담 위에서 자랄까? 꽃기린들이 스스로 선택했다기보다 길을 오가는 수많은 당나귀들이 밭 너머 작물들을 넘보지 못하도록 히말라야 산골 주민들이 가시가 많은 이 꽃을 돌담으로 인도했을 것이라는 뒤늦은 자각이 생긴다. 한국에 돌아와 찾아본 자료에서 이 꽃의 별명이 '예수꽃'이라는 사실을 알았다. 가시와 붉은 꽃이 예수가 지상의 마지막 길을 걸을 때 머리에 썼던 가시면류관과 보혈寶血의 붉은 빛깔을 연상시킨다는 사실이 그 별명의 배경이었다.

무성한 꽃기린 그늘 아래로 포터들이 짐을 지고 묵묵히 걸어간다. 하굣길 어린 여학생들은 꽃기린 담 아래 천으로 머리를 가린 채 웃으면서 지나간다. 포터와 어린 여자아이들과 나귀가 예수를 알까. 상관없다. 그들에게도 고통의 극한과 그 깊은 절망 속에서 생의 의미를 길어내는 따뜻한 신에 대한 믿음은 있을 터이다. 그 대상이 어떤 '신'인들 무슨 상관이랴.

다시 내리는 비를 맞으며 따또바니에 도착했다. 서둘러 노천탕을 찾았는데, 잔뜩 기대했던 그 온천은 강가 자갈밭에 허름하게 자리 잡고

꽃에게 길을 묻다

히말라야 꽃기린

있었다. 수년 전 이곳을 찾았던 소설가 박범신은 어쩌면 이리 하나도 변하지 않았느냐고 탄식했다. 반가움보다 조금도 나아진 게 없는 열악한 시설 때문이었다. 관광객들에게 꾸준히 입장료를 받으면서도 그 돈이 다 어디로 가는지 시설에는 눈곱만큼도 투자한 흔적이 보이지 않으니 하는 말이었다. 탕에서 나오면 샤워는 여러 사람들이 들어가 앉은 탕에 구멍을 뚫고 그곳에서 흘러나오는 '땟국물'을 재활용해야 한다. 나귀나 다를 바 없이 살아가는 하층민들이야 잃을 게 없으니 상관없겠지만, 노천탕을 관리하는 '유지'들은 불안정한 사회 시스템 속에서 시설 보수보다는 다른 데 치러야 할 비생산적인 비용이 만만치 않을 것이다.

온천수가 섭씨 칠십사 도를 넘는 한쪽 탕은 사우나의 '열탕' 같고, 한쪽은 치토바니(차가운 물)를 섞어 약간 미지근하다. 날씨가 맑은 날은 따또바니에 몸을 담그고 히말라야 밤하늘의 별을 보며 피로를 풀 수도 있다. 그날은 비가 줄기차게 내렸다. 따또바니 속에서 지그시 눈을 감고 있는데 이마에는 쉼 없이 차가운 빗방울이 떨어진다. 며칠 동안의 피로가 혈관을 타고 화르르 돌아다니다가 이내 온몸이 노곤해진다.

나른한 피로 속으로 낮에 보았던 붉은 꽃기린의 영상이 떠올랐다. 담장나나 솟아 있는 꽃기린들은 저마다 날카로운 가시를 달고 시리게 파란 하늘 아래 붉은 빛깔로 자신들의 존재를 과시하고 있었다. 아름다움은 늘 이면을 거느리는가. 꽃기린은 날카로운 가시도 지니고 있지만 줄기에는 독까지 품고 있다. 무심코 꽃 한 송이라도 꺾을라치면 줄기에서 흰 즙이 흘러 여지없이 손가락에 묻는다. 이 액체가 눈이나 상처 부위에 닿으면 위험하다. 그 하얀 즙은 꽃기린을 해코지하는 사람에게는 독이 되지만, 꽃기린 자신에게는 아무런 해도 되지 않을뿐더러 오히려 필요한 액체이리라.

생명이 품고 있는 독은 기실 그러한 액체가 아니라 탄생할 때부터 지니고 나오는 죽음이라는 독이다. 죽음으로부터 자유로운 생명은 없다. 생명은 죽음으로 인해 생명이다. 죽음을 거느리지 않는 생명은 생명이 아니라 사물일 따름이다. 그 사물조차 세월이 흐르면 풍화되고 스러진다. 죽음을 두려워하지 말자고 말하는 것도 모순이다. 생명은 살아 있음으로 해서 단어 자체가 성립되는 것이기 때문이다. 생명生命의 한자풀이는 '살아 있으라는 명령'이라던가.

그 여인은 생명을 생명답게 가꾸기 위해 히말라야에 왔다. 생명의 독을 누구보다 더 잘 알기에 생명을 향유하기 위해 온 것이다. 꽃기린은 연약한 자신을 방어하기 위해 가시와 독을 품고 있지만, 그 여인은 자신 안에서 자라는 생명의 독을 방출하기 위해 히말라야에 왔다. 그 어두운 바이러스를 설산의 희디흰 빛과 바람과 나귀의 방울 소리로 소독하기 위해 온 것이다. 그러니, 남은 것은 따뜻한 희망뿐이다. 히말라야 트레킹을 이끌었던 오지여행 전문가 김수진 씨에게 물어보니 네팔 말로 희망이란 단어는 '아샤'란다. 전문가 말이니 믿기야 하겠지만, 우리말로 힘을 내자고 외치는 구호와 너무 흡사해서 신기할 따름이다. 어쨌든 여인이여, 외쳐보자. 따또 아샤!

지상으로 내려온 소녀들의 합창
- 평사리 자운영

평
사
리

자
운
영

"자운영 꽃구름이 지상에 안착했습니다."

우중충한 도시에서 밥벌이와 술에 시달리던 오월 어느 날 저녁, 휴대
전화에 꽃소식이 날아들었다. 지리산 자락에 사는 이원규 시인에게 자
운영이 만개하거든 연락을 달라는 청을 매화기행 때 섬진강에 가서 넣
어두었던 터였다. 역시 시인은 메시지 하나도 허투루 보내지 않는구나
싶은 고맙고 감탄하는 심정으로 문자를 지우지 않고 보고 또 보다가 주
말에 구례 악양 들판으로 내려갔다. 시인의 메시지를 보고서야 자운영
紫雲英의 이름이 말 그대로 '붉은 구름꽃'이라는 사실을 알았다. 이미 벗
들과 함께 매화철에 내려가 귀중한 시간을 이틀씩이나 소모하게 했는

데 또 시인을 불러낸다는 게 종내 미안했다. 그래서 지상에 내려온 꽃구름 속으로 홀로 걸어 들어간 것이다. 들판에 자욱하게 피어있는 자운영은 과연 지상에 내려앉은 꽃구름이라 할 만했다.

솔직하게 고백하자면, 그날 자운영을 처음 보았다. 어린 시절 시골 들녘에 살 때 토끼풀이라고 불리는(나중에야 그것이 클로버라는 것을 알았지만) 식물의 하얀 꽃으로 시계를 만들어 팔목에 차거나 소꿉친구에게 채워주는 놀이를 하곤 했는데, 그 꽃이 자운영인 줄 알았다. 김용택 시인은 그의 대표작 「섬진강 1」에서 "해 저물면 저무는 강변에/ 쌀밥 같은 토끼풀꽃,/ 숯불 같은 자운영꽃 머리에 이어주며"라고 노래하면서 토끼풀꽃과

자운영꽃을 엄연히 구분하고 있었다. 이후 공선옥의 산문집 『자운영 꽃
밭에서 나는 울었네』를 보면서 자운영에 대한 그리움을 키우고 있던 터
에, 매화기행 때 섬진강에서 만난 이원규 시인으로부터 자운영 소식을
접했던 것이다. 내 어린 시절이라고 해서 들녘에 자운영이 없었던 것은
아니겠지만, 단지 이름을 몰랐을 뿐이다. 그냥 주변에서 친근하게 피고
지는 풀꽃이었을 따름이다. 그러니 자운영은 나에게 이름은 모르는데
얼굴은 아는 여인과 같은 꽃이었다.

그 자운영이 공중질소를 고정시키는 뿌리혹박테리아를 지니고 있어
유기농 바람을 타고 새롭게 각광받기 시작한 것이다. 자운영은 녹비식

물 기능뿐 아니라 어린 순을 나물로 하며, 풀 전체를 해열·해독·종기·이 뇨에 약용으로도 사용하는 유용한 작물이다. 보통 추수를 한 달쯤 앞 두고 마지막 논물을 뺄 때 씨를 뿌려두면 이듬해 사오월에 꽃을 피워 지금처럼 들판을 연보라로 덧칠한다. 모내기 이 주 전쯤에 자운영 밭을 갈아엎으면 그대로 유기농 비료가 되어 튼실한 유기농법이 완성되는 셈 이다. 이원규 시인은 "단 한 마지기가 될지라도 자운영 꽃밭 하나하나 를 도시의 가족들과 자매결연을 하도록 하고 마침내 꽃도 보고 그곳에 서 나는 쌀도 먹게 하는 상생의 축제"를 벌이자고 신문 칼럼에서 주장하 기도 했는데 그는 이 즈음이면 늘 설레는 마음으로 '구름 속의 산책'을 즐긴다고 했다.

구례에서 섬진강 쪽으로 들어가자마자 도로 주변 논들에 연보라 작 은 꽃들이 꽃잔디처럼 깔려 있다. 어디쯤에서 차를 세워 본격적으로 자 운영을 촬영할 것인가 내내 망설이다가 내친 김에 평사리 악양 들녘까 지 달려갔다. 바야흐로 매화와 벚꽃을 보내고 난 섬진강변은 어디를 가 나 하늘에서 내려온 연보라 자운영으로 자욱했다. 멀리서 볼 때는 자 욱한 구름 혹은 연보라 꽃잔디였는데, 가까이서 들여다보니 막 교복을 입기 시작한 어린 여학생 무리처럼 청순하면서도 귀여운 모습이었다. 수많은 꽃들이 들바람에 살랑거리면서 머리를 흔들어대는 품이 마치 하굣길에 무리지어 교정을 내려오면서 쉼 없이 이야기를 나누는 여중생 들 같았다. 여학생들의 재잘거리는 소리가 귓전을 간질이는 듯하다. 그

래서였을까. 나태주 시인은 「자운영꽃」이라는 제목으로 단 두 행짜리

시를 완성했다.

잃어버린 옛날이야기가

모두 여기 와 꽃으로 피었을 줄이야.

– 나태주, 「자운영꽃」

시인에게 들판에서 연분홍으로 나부끼는 것들은 모두 이야기였다. 그것도 잃어버린 줄 알았던 옛날의 그 싱싱한 이야기들. 그 이야기들이 모두 하늘로 올라가 구름으로 떠돌다가 이렇게 잠시 내려앉은 모양이다. 꽃구름이 걷히기 전에, 옛 이야기들이 다시 하늘로 증발하기 전에 서둘러 악양 들녘에서 나와 화개장터를 지나 다시 구례 들녘으로 거슬러 올라왔다. 구례군 토지면 면사무소 앞 교회 주변에도 자운영 꽃구름이 퍼져 있었는데, 교회와 보리밭과 어울려 아름답다. 보리밭에 바람이 불면서 부드러운 파도가 일면 이내 보리밭 너머 자운영들도 일제히 도리질하며 재잘재잘 떠들기 시작한다.

교회 옆 섬진강 쪽으로 난 농로를 따라 들어가자 마침 못자리를 만들고 있는 농부들이 보인다. 그 사이 벌써 바람이 잤는지 못자리 너머 자운영 어린것들은 이야기를 멈춘 채 졸고 있다. 요즘 대부분의 농촌이 그렇듯이 이곳 농부들도 중늙은이면 젊은 축에 속할 것이다. 얼굴에 주름이 자글자글한 '젊은' 농부에게 물었다.

"저 아까운 꽃들을 다 갈아엎어야 하나요?"

"하이고, 이쁘다고 두고 보면 멋 혀? 저놈들도 다 지들 팔자지."

하기야, 녀석들 서러울 것도 없겠다. 팔자라면, 그것이 운명이라면 받아들여야지. 서러움이란 보내고 싶지 않은데 보내야 하거나, 떠나고 싶지 않은데 헤어져야 하거나, 무리 중에 섬처럼 둥둥 떠서 고독해야 하는 팔자를 적시는 감정일 터이다. 녀석들은 사이좋게 꽃을 피워 한날한시에 숨을 거두는 것이니 순명할 수밖에. 못자리를 떠나 다시 올라오는 길, 논 가운데 농가 뒤란에 대나무숲이 청청하다. 대나무숲 뒷자리도 연보라 꽃밭이다.

꽃기행을 다니면서 늘 후회하면서도 어쩔 수 없이 반복하는 실수가 있다. 짧은 일정 때문에 꽃을 만나면 서둘러 사진 찍기에 골몰하다가 시간에 쫓겨 그 자리를 떠나는 버릇이 그것이다. 정작 현장에서는 꽃들을 제대로 느끼지 못하고 나중에 찍어온 사진을 모니터로 일별하면서 비로소 꽃들을 만나는 것이다. 이번에는 대나무숲을 지나 자운영 꽃밭 길가에 차를 세운 뒤 작심하고 뚫어져라 자운영의 얼굴들을 내려다보았다. 어느 것 하나 맑고 청순하지 않은 얼굴이 없다. 모두 예쁘다. 하오의 햇빛마저 투명하게 자운영 연보라 잎맥을, 실핏줄을, 선명하게 비추어낸다.

바라보는 것만으로는 녀석들을 느끼지 못하겠다. 꽃밭 속으로 걸어 들어가 누웠다. 길가에서 볼 때는 몰랐는데 귓전에서 벌들이 쉴 없이 잉잉거린다. 아, 자운영을 밀원蜜源식물이라고 했던가. 녀석들은 대지에 거름을 주는 갸륵한 역할 말고도 하고많은 작은 벌들에게 꿀을 공급하

고 있었다. 벌들은 무단침입자를 몹시 경계하는 듯 얼굴 주변을 날아다
니며 요란한 경고음을 내고 있었지만 다행히 해코지는 하지 않았다. 지
나가는 여인에게 자운영과의 동침장면을 찍어달라고 부탁했다. 그날 저
녁 그 사진을 보면서 나는 이렇게 단편소설의 첫머리를 시작했다.

"자운영 꽃밭에 누워 있는 너를 보았다. 너는 하오의 햇빛이 부신지
눈을 질끈 감고 팔베개를 한 채 길게 누워있었다. 자운영 꽃들이 바람
에 흔들리면서 너의 얼굴을 간질였다. 작은 벌들이 귓전에서 쉼 없이 잉
잉거렸다. 벌이 콧등에 내려앉아도 너는 눈을 잠시 찡그렸을 뿐이다. 언
젠가 교황의 장례미사에서 보았던 것처럼 꽃들에 둘러싸여 누워 있는
너는 평화로운 주검 같았다. 하오의 자운영 꽃밭에서라면, 살아서 미리
맛보는 죽음도 그리 막막하지는 않을 것이다."

순정은 해마다 붉어진다

– 백령도 해당화

백령도 해당화

바야흐로 붉은 장미의 계절이다. 담장에 늘어져 있는 장미를 볼 때마다 섬에 두고 온 해당화가 생각난다. 같은 장미과지만 둘은 많이 다르다. 해당화는 분명 장미처럼 세련된 도회 이미지는 아니다. 바닷가 모래땅에서 자라는 그 꽃은 사람 발길 닿지 않는 후미진 해변이나 섬에나 가야 만날 수 있다. 분홍과 자주와 보라가 섞인 넓은 꽃잎은 시골 여인네 저고리 색깔을 떠올리게 한다. 예전 시골 아낙이 모처럼 장에 가거나 오랜만에 친정 나들이라도 할 때 장롱 깊숙한 곳에서 꺼내 입던 붉은 저고리의 물 빠진 빛깔이다. 모든 꽃들이 여인에 비유되기는 하지만, 해당화에서 시인들은 이구동성으로 여인을 떠올린다. 그것도 순정을 바쳤지만 하염없이 기다려야 하거나 그마저 포기해야 하는 그런 여인이다.

백모래 十里벌을

사뿐사뿐 걸어간 발자국

발자국의 임자를 기다려

해당화의 순정은

해마다 붉어진다

– 이용악, 「해당화」

남쪽에서는 서해 최북단, 북쪽에서 보자면 서해 최남단인 장산곶 마루 맞은편 백령도에 다녀왔다. 한국문학평화포럼에서 주최한 '한반도 평화와 상생을 위한 문학축전' 행사 취재를 위한 길이었다. 그 섬에서 해당화를 만나게 될 줄은 미처 몰랐다. 오래전 동해 화진포에서 해당화를 만난 일은 있다. 그때의 기억이 외진 곳에 숨듯이 피어 있는 해당화를 선뜻 알아보게 했다.

　백령도 앞바다에 심청이가 빠졌다는 인당수가 있다. 그 인당수 바로 앞에 장산곶 마루가 길게 해무 속에 뻗어나와 있고, 그 뒤편은 황해도 몽금포다. 옹진군에서 심청이를 기리고 관광자원으로 활용하기 위해 인당수와 장산곶이 훤히 내려다보이는 섬 언덕에 심청각을 지어놓았다. 그 심청각 오르는 산길에 해당화들이 무리 지어 피어 있었다. 하지만 바다와 어울리지 못하는 산길의 해당화란, 백령도 산야에 유달리 많이 핀다는 연분홍 주라꽃 처지와 그리 다를 게 없다. 해당화는 바다를 거느려야만 운치가 살아난다.

　자갈이 콩알처럼 자그맣고 빛깔도 흑적청황黑赤靑黃으로 여러 가지여서 천연기념물로 지정된 콩돌해안으로 갔다. 콩돌은 제쳐두고 해당화를 찾아 주변을 두리번거리는데 그 여인은 쉬 보이지 않는다. 멀리 해안 끄트머리 절벽 아래 언덕에서 홀로 피어 있는 해당화 한 그루를 간신히 발견했다. 그 외로운 여인네를 앞세워 해변을 배경으로 부지런히 사진을 찍는 중인데, 여인의 얼굴이 바다 쪽을 향하고 있어 카메라에는 자

꾸 뒤통수만 잡힌다. 하릴없이 여인의 얼굴을 카메라 렌즈 쪽으로 돌려
놓으려 무심코 가지를 잡았다가 가시에 손가락이 찔렸다.

해당화 해당화 명사십리 해당화야
한 떨기 홀로 핀 게 가엾어서 꺾었더니
내 어찌 가시로 찔러 앙갚음을 하느뇨.
빨간 피 솟아올라 꽃잎술에 물이 드니
손끝에 핏방울은 내 입에도 꽃이로다
바닷가 흰 모래 속에 토닥토닥 묻었네.

– 심훈, 「해당화」

해당화는 오월에서 칠월에 해안에서 주로 핀다. 늦봄부터 피기 시작해 초여름에 절정을 이루다가 여름 다 갈 무렵 열매를 맺는 꽃이다. 해당화는 예전에 우리네 바닷가에서 흔하게 볼 수 있는 꽃이었지만 요즘은 귀한 존재가 돼버렸다. 해당화 뿌리가 당뇨병에 특효라 하여 너나없이 채취하는 바람에 그리 됐다는 얘기도 있다. 더욱이 해당화는 장미처럼 도시나 가정에서 따로 키우지도 않아, 그저 시나 옛 이야기에 남아 있는 아련한 추억 속 이름일 뿐이어서 젊은 층일수록 그 꽃을 본 이들은 드물다. 해당화는 들국화나 찔레꽃처럼 쉽게 접할 수 있던 토속적인 꽃이었다.

당신은 해당화 피기 전에 오신다고 하였습니다.

봄은 벌써 늦었습니다.

봄이 오기 전에는 어서 오기를 바랐더니

봄이 오고 보니 너무 일찍 왔나 두려워합니다.

철모르는 아이들은 뒷동산에 해당화가 피었다고

다투어 말하기로 듣고도 못들은 체하였더니

야속한 봄바람은 나는 꽃을 불어서 경대 위에 놓입니다그려.

시름없이 꽃을 주워서 입술에 대고 '너는 언제 피었니' 하고 물었습니다.

꽃은 말도 없이 나의 눈물에 비쳐서 둘도 되고 셋도 됩니다.

- 한용운, 「해당화」

꽃에게 길을 묻다.

'꽃은 말도 없이 나의 눈물에 비쳐서 둘도 되고 셋도' 된다는 마지막 행이 눈물겹다. 눈물에 어룽진 해당화 꽃잎. 해당화는 무심하게 피어나는데 온다던 사람은 여전히 소식이 없다. 말 그대로 그리운 님을 기다리는 심정으로 해석해도 무방하지만, 이 시를 쓴 이가 만해 한용운이니 식민지의 암울한 정서가 반영된 눈물로 받아들여도 될 듯하다. 독립도 이루었고, 다시 세월이 흘러 간난신고의 현대사를 거쳐왔지만 여전히 해당화는 살뜰하고 그리운 여인네의 이미지로 남아 있다.

해당화는 흰 치마를 입고 있다

남양주에서 온 그 여자

한때 바다와 동거했던 그 여자

가녀린 발목에 모래가 묻어 있고

달빛을 업고 서 있는 여자

알몸이 눈부시다

서오릉 언덕 아래

해당화를 심은 날 밤

밤새도록 파도소리 들리고

내 발목에도 모래가 묻어 있다

— 김종해, 「해당화 심던 날」

시인은 바닷가 어디쯤에서 해당화 묘목을 얻어온 모양이다. '바다와 동거했던 그 여자'를 서오릉 언덕 아래 집 뜨락에 심는데 가만히 살펴보니 여인의 발목에 모래가 묻어 있다. 여인은 밤새도록 자신의 몸에 품고 있는 파도소리를 통곡처럼 들려주고, 그 꽃의 그리움을 가슴으로 받아들인 시인도 자신의 발목에 모래를 묻히며 여인에게 다가선다.

"해당화 피고 지는 섬마을에 철새 따라 찾아온 총각 선생님 열아홉 살 섬 색시가 순정을 바쳐 사랑한 그 이름은 총각 선생님 서울엘랑 가

지를 마오 가지를 마오 구름도 쫓겨 가는 섬 마을에 무엇 하러 왔는가

총각 선생님 그리움이 별처럼 쌓이는 바닷가에 시름을 달래보는 총각

선생님 서울엘랑 가지를 마오 가지를 마오." (이경재 작사, 박춘석 작곡, 이미자

노래)

대중가요로 접어들어도 해당화는 갈데없는 순정의 여인이다. 이미자

가 부른 '섬마을 선생님'의 가사는 순정하고 애절하다. 섬마을에 부임한

외지 총각, 열아홉 살 섬 여자에겐 막연한 동경의 대상이자 가슴 뛰게

하는 연모의 정을 불러일으키기 십상이다. 그 총각 선생, 언젠가는 철

새처럼 떠나갈 운명이고 통통배 뒷머리에서 눈물지으며 여전히 섬에 남

꽃에게 길을 묻다

아 순정의 세월을 보내야 할 섬 여자에겐 어설프게 마음 주어서는 안 될 대상이다. 그래서 해당화는 어울리지 않게 가시를 줄기에 둘레둘레 심어놓았는가.

석양 무렵 해는 안개에 가려 금방 빛을 잃었다. 삼 킬로미터에 이르는 백령도 사곶 해안은 1970년대까지만 해도 군용기가 뜨고 내릴 만큼 모래땅이 단단해서 천연비행장으로 활용하던 곳이다. 사곶 해안 너머 북한 땅 장산곶이 손에 잡힐 듯 보인다. 장산곶 마루는 인당수를 사이에 두고 해무 속에서 웅크린 소처럼 검은 실루엣으로 누워 있다. 사곶 해안 가로등이 서서히 불을 밝히기 시작한다. 해당화 두 그루가 어둑한 바닷가 언덕에서 그 풍경을 응시하고 있다.

국화가 돌아와 거울 앞에 선 늙은 누님이라면, 해당화는 추억 속 어린 누님 같은 꽃이다. 어두워질수록 더 진하게 날아오는 해당화 향은 누님 냄새를 닮았고, 연분홍 꽃잎 안에 가득 담고 있는 짙고 선명한 노란 수술은 누님의 굵은 눈물방울 같다. 해당화 누님은 인당수를 바라보며 하냥 흔들리는 중이다.

3부

간지럽다, 못 견디게

－ 축령산 작약

축
령
산
작
약

활짝 열어젖힌 작약의 몸에 벌 한 마리 날아와 간질이고 있다. 기다
리고 기다렸던 당신이다. 당신을 위해 지난겨울 내내 차가운 흙 속에서
어둠을 견디었고 딱딱한 대지를 뚫고 솟아나 이제 겨우 꽃을 피웠다.
내 옆의 옆, 내 위의 위, 사방에서 당신을 유혹하는데도 세상 하나뿐인
'나'에게 찾아와줘 고맙다. 당신은 금방 내 품을 떠나 날아갈 테지만, 당
신이 내 몸을 간질이는 이 순간 새 생명이 잉태되고 있다. 당신, 내가
왜 이리 붉은지 아는가. 해당화라는 내 벗은 당신을 유혹할 적들이 많
지 않은 바닷가에서 피어나 나처럼 더 붉지 않아도 당신들을 초대할 수
있다. 장미라는 서양 미인은 아무 데서나 붉다. 당신, 그 흔한 유혹에

휘둘리지 않고 나에게 와줘 고맙다. 나, 당신을 기다리다 이렇게 붉어
졌다.

홀로라니요,

울 밑의 작약이

겨우내 언 흙을 밀치고 뾰족이

새움을 틔울 때

거기서 당신의 부드러운 손길을 보았는데요.

(중략)

하늘이 이렇게 푸르른 날,

내 어찌 당신 없이 홀로

이 세상을 살아갈 수가 있겠습니까.

- 오세영, 「홀로가 아니랍니다」에서

남쪽의 작약과 모란은 이미 다 졌다. 모란이나 작약, 수국, 목란 들은
모두 '함박꽃'이라는 이름으로 묶인 근친이다. 이들이 함박꽃이라는 이
름으로 싸잡아 불리는 이유는 꽃의 크기가 함지박만큼 소담하기 때문

이다. 그 함박꽃 가족의 일원인 작약을 초여름 경기도 가평군 축령산 인근 '아침고요수목원'에서 보았다. 붉은 행렬은 이제 반도의 허리를 거쳐 북으로 북상하는 중이다. 그 길목에서 작약을 본 것은 행운이었다.

작약과 모란을 꽃만으로 구분하기는 쉽지 않다. 하지만 족보를 가리기는 그리 어렵지 않다. 작약은 풀이고 모란은 나무다. 앉으면 작약이고 서면 모란이다. 물론 키를 두고 하는 말이다. 작약은 가을이 오고 겨울이 덮치면 스러져서 땅속으로 스며들었다가 봄에 구근에서 새순을 뽑아 올려 다시 생을 시작한다. 모란은 가지에서 모든 외피를 떨어뜨렸다가 봄이면 다시 잎을 피우고 꽃을 매단다. 그 결과, 모란은 단순히 꽃이지만 작약芍藥은 이름 그대로 약이 된다. 꽃이 아니라 뿌리가 약이다. 옛사람들은 이구동성으로 작약의 뿌리를 상찬했다. '복통, 부스럼, 유행병, 요통 등에 쓰고 속을 편안하게 하며 대소변을 잘나가게 한다.'(『본초강목』) '오장을 보강하며 배가 부은 것, 월경이 통하지 않는 것 등을 낫게 하고 어혈을 흩어지게 하며 고름을 삭힌다.'(『향약집성방』) '작약은 또는 눈병에도 효과가 있으며 눈을 밝게 하는 작용도 한다.'(『동의보감』)

병 때문에 깊은 산속에 들어 사 년 동안 홀로 정양했던 도종환 시인도 "백작약 뿌리를 달여 먹으며/ 견디는 여름 한철// 작달비 내리다 그친 뒤에도/ 오랜 해직 생활에 찾아온 병은/ 떠날 줄을 몰랐다"(「여름 한철」)고 작약 뿌리를 달여 먹던 이야기를 시에 썼다. 작약이 다 붉은 건 아니다. 드물지만 하얀 꽃을 피우는 백작약도 있다. 희소가치 때문인지

는 모르되 백작약의 약효가 더 좋다는 소문이다. 어쨌든 작약 뿌리의 효능 때문에 농가에서 작약을 너도나도 재배했다가 값이 폭락하는 바람에 천덕꾸러기로 전락하기도 했다.

작약의 의지와는 무관한 약재 이야기는 그만하자. 같은 붉은 빛깔이라도 어느 꽃이 품고 있느냐에 따라 그 느낌은 달라진다. 해당화 붉은 빛은 정념보다 순정의 빛깔에 가깝고, 장미의 진홍빛은 도발적인 유혹이다. 작약의 붉은 꽃잎은 찬란한 청춘의 빛깔이다. 터질 듯한 정열을 꼭꼭 눌러 붉을 대로 붉어진 숫처녀 볼이다. 생의 붉고 젊은 순수를 압도적으로 상징한다.

그 굳은 흙을 떠받으며
뜰 한구석에서
작약이 붉은 순을 뽑는다.

늬도 좀 저 모양 늬를 뽑어보렴
그야말로 즐거운 삶이 아니겠느냐

육십을 살아도 헛사는 친구들
세상 눈치 안 보며
맘대로 산 날 좀 장기帳記에서 뽑아보라

젊은 나이에 치미는 힘들이 없느냐
어찌할 수 없이 터지는 정열이 없느냐
남이 뭐란다는 것은
오로지 못생긴 친구만이 문제 삼는 것

남의 자尺는 남들 재라 하고
너는 늬 자로 너를 재일 일이다.
작약이 제 순을 뽑는다.
무서운 힘으로 제 순을 뽑는다.

- 노천명, 「작약」

140
꽃에게 길을 묻다

'세상 눈치 안 보며 맘대로 산 날' 한 번 기록에서 꺼내보라고 노천명 시인은 말한다. 작약이 제 순을 무서운 힘으로 뿜듯이, 세상 눈치 안 보고 자신을 증명하기 위해 안간힘을 쓰듯이, 그렇게 한세상 살아보라고 시인은 젊은 사람들에게 말한다. 작약처럼 붉게 살아보라고. 세상 눈치 사람 눈치 보지 않고 사는 건 어렵다. 젊은 날에는 가능할 수도 있다. 말 그대로 '치기'가 있으니까. 유치하게 보는 건 나이든 사람들의 독선과 억울함 때문일지도 모른다. 그들에게 튀는 건 부담스럽다. 자신들이 살아온 질서 내에서 안정된 틀이 유지되기를 바란다. 살아온 날보다 살 날이 더 짧은 이들에게 불안정한 모습은 부담스러울 수밖에 없다. 젊음에 바라는 비원은 있다. 젊은 것들이 외려 무기력하게 보일 때, 시인은 작약의 붉음을 배우라고 일갈한 것이다.

아침고요수목원에 어린 아이들을 데리고 온 젊은 부부들이 유난히 눈에 많이 띈다. 어떤 젊은 아버지는 아이를 등에 휘감고 스프링클러가 쏟아내는 잔디밭 물줄기 사이에 서서 빙빙 돈다. 아이는 아비의 등에서 자지러질 듯 웃는다. 너덧 살 쯤 됨직한 쌍둥이 형제가 연녹색 티셔츠를 똑같이 입고 물줄기 사이를 깔깔거리며 헤집고 다닌다. 찬란한 초여름의 수목원이다. 작약의 계절, 무릇 사람들은 이렇게 살아야 되는 것 아닌가.

작약은 '함박꽃' 가족인데, 이름까지 '함박나무꽃'이라는 게 있다. 산골 외진 곳에 피는 그 꽃의 기품은 예사롭지 않다. 흰 낯빛에 붉은빛을

머금은 귀티 나는 꽃이다. 그 모습이 너무나 아름다워 천녀화天女花라고
도 부른다. 북쪽에서는 김일성 주석이 항일투쟁을 하던 시절에 처음 발
견했으며, 이름도 없었는데 1960년대 후반 직접 '목란'이란 이름을 지어
붙였다고 설파한다. 그 이후 목란은 북쪽에서 귀중한 나무로 취급받았
으며 1991년 4월 조선민주주의인민공화국의 나라꽃으로 지정되었다.

사실 함박나무꽃은 '천녀화' 말고도 '산목련', '함백이', '개목련' 등으로
도 불리어왔다. 목란은 목련의 다른 이름일 따름이다. 따지지 말자, 함
박나무꽃이라는 순우리말 이름이 가장 애틋하고, 아름답고, 환하다고.
이름과 벼슬이 꽃에게 무슨 상관이겠는가. 단지 당신을 기다리기 위해,
나 이렇게 깊은 산중에서도 붉게 피었을 뿐이다. 쉼 없이 잉잉거리는 당
신, 이제 그만 떠나도 좋다. 간지럽다. 못 견디게.

저녁 어스름에 일렁이다

           – 남해도 치자꽃

남해도 치자꽃

장마철에도 꽃이 피느냐고 누군가 장난스럽게 물었다. 웃으며 대답했다. 사람들은 장마철이라고 본능을 억제하느냐고. 꽃들은 사람보다 더 단순하고 명징하다고. 꽃의 목적은 단 하나, 벌, 나비를 끌어들여 열매를 잉태하는 것뿐이라고. 꽃은 인간과 달리 그 순일한 목적만 달성하면 쾌락과 미련에 휘둘리지 않고 이내 떨어져버린다고. 벌도 희롱하지 않고 자신도 속이지 않는다고. 동백꽃은 임무가 끝나면 단숨에 뚝 떨어지고, 달콤한 향기로 벌을 유혹하던 순백의 치자꽃은 황백색으로 물들어 조용히 땅으로 돌아간다고.

치자꽃을 만나러 경남 남해도南海島에 다녀왔다. 남해에 가면 어디서

나 쉽게 치자꽃을 볼 줄 알았다. 6~7월이면 피는 그 꽃은 남해 어디에
서도 쉬 발견할 수 없었다. 남해군의 군화郡花가 치자꽃이라는데도 귀
한 존재였다. 남해군 남면 운암 마을까지 가서야 야생으로 자라는 치자
나무와 밭둑에 몇 그루 심어진 그녀들을 만났다. 운암 마을 초입 주변
에 자리 잡은 야생 치자밭은 무성한 잡풀들과 어울려 싱싱했다. 치자꽃
은 필 때는 순백이지만 질 무렵에는 황백색으로 변한다. 꽃 시를 유난
히 많이 썼던 이해인 수녀는 「7월은 치자꽃 향기 속에」에서 그 지친 빛
깔을 이 세상과 작별하는 게 슬퍼서 꽃이 흘리는 눈물로 받아들였다.

치자꽃은 바람개비처럼 여섯 개의 하얀 꽃잎을 활짝 펴고 있다. 관상

용으로 개량한 흔한 가정집 치자꽃 화분들은 대부분 장미 모양의 탐스런 '꽃치자'들이라서 야생의 본모습이 오히려 낯선 편이다. 그 하얀 바람개비의 정중앙에 생크림처럼 꽃술이 오똑 서 있는데 달콤한 냄새를 발산하는 정체가 그것이다. 그 꽃술을 똑 따서 입속에 넣으면 혀에서 금방 녹아버릴 것 같다. 치자꽃 향기는 매향처럼 은은하지 않고 그렇다고 작약처럼 어지럽지도 않다. 달콤하다. 모든 꽃들이 그렇긴 하지만, 그 달콤하고 관능적인 향 때문에 치자꽃은 유독 사랑의 감정을 매개하는데 단골로 이용된다.

사랑하는 사람을 달래 보내고

돌아서 돌계단을 오르는 스님 눈가에

설운 눈물방울 쓸쓸히 피는 것을

종탑 뒤에 몰래 숨어 보고야 말았습니다.

아무도 없는 법당문 하나만 열어 놓고

기도하는 소리가 빗물에 우는 듯 들렸습니다.

밀어내던 가슴은 못이 되어 오히려

제 가슴을 아프게 뚫는 것인지

목탁소리만 저 홀로 바닥을 뒹굴다

끊어질 듯 이어지곤 하였습니다.

여자는 돌계단 밑 치자꽃 아래

한참을 앉았다 일어서더니

오늘따라 엷은 가랑비 듣는 소리와

짝을 찾는 쑥국새 울음소리 가득한 산길을

휘청이며 떠내려가는 것이었습니다.

나는 멀어지는 여자의 젖은 어깨를 보며

사랑하는 일이야말로

가장 어려운 일인 줄 알 것 같았습니다.

한 번도 그 누구를 사랑한 적 없어서

한 번도 사랑받지 못한 사람이야말로

가장 가난한 줄도 알 것 같았습니다.

떠난 사람보다 더 섧게만 보이는 잿빛 등도

저물도록 독경소리 그치지 않는 산중도 그만 싫어,

나는 괜시리 내가 버림받는 여자가 되어

버릴수록 더 깊어지는 산길에 하염없이 앉았습니다

- 박규리, 「치자꽃 설화」

모든 번뇌를 끊고 마음을 청정하게 비우기 위해 산사에 입문했는데, 속진俗塵의 여인이 찾아왔다가 울면서 돌아간다. 스님이라고 왜 그녀에 대한 미련이 없었겠는가. 그녀 또한 옛 애인의 그 마음을 왜 모르겠는 가. 그렇다고 돌계단 아래 치자꽃은 관능적인 향기를 뿜어내고, 그 꽃 옆에서 어쩔 수 없이 빨라지는 여인의 심장 박동마저 탓할 수는 없는 일 아닌가. 지나놓고 보면 치자꽃 피는 시간만큼도 길지 않은 생인데, 왜들 그리 힘들게 살다 가는가. 여인은 '젖은 어깨'로 산사를 내려간다. 치자꽃 향기는 여전히 달콤하게 그녀를 따라가는데.

박규리 시인은 『이 환장할 봄날에』에 수록한 이 시를 쓸 때 절집에서 공양주보살로 살고 있었다. 그녀는 절집에 오기 전에는 꽃이나 봄을 썩 좋아하지 않았다고 했다. 세상과의 불화에 시달리다 절에 온 것이다. 그 는 완전한 어둠도 아니고 완전한 따뜻함도 아닌 그 사이의 밋밋함, 그 혼란과 생동감이 차라리 생의 동력이라고도 했다. 그리하여 사무치는 모든 것이 봄날이라고 했다. 그러니 그에게는 여름에 피는 치자꽃 향기 도 '환장할 봄날'의 그것이다.

쿠바 보컬 그룹 '부에나비스타소셜클럽'의 늙은 남녀 가수 이브라힘와 오마라가 듀엣으로 부른 볼레로 '치자꽃 두 송이(Dos Gardenias)'는 "당신 이 날 버리고 다른 사람을 사랑한다면 내 사랑의 치자꽃은 죽어버릴 거 요"라고 짐짓 협박한다. 산사의 스님과 여인의 정서와는 반대편에 서 있 는 노골적이고 애틋하고 솔직한 가사다. 역시 카리브해 연변의 나라에서 치자꽃은 달콤한 사랑과 결부되어 있다. 이 따뜻하고 낭만적인 노래를 부르는 늙은 남녀 가수의 목소리는 달콤하고 쌉쌀하다.

치자꽃 마을을 돌아나와 삼천포가 보이는 남해도 입구까지 왔다. 삼천포로 연결된 다리 아래 죽방염이 있다. 죽방염이란 간만의 차이가 큰 갯벌 위에 설치해놓은 둥근 대나무 울타리를 말한다. 밀물 때 바닷물과 함께 들어왔던 고기들이 썰물 때 빠져나가다가 죽방염에 걸려 퍼덕이는 것을 주워오기만 하면 된다. 죽방염에는 멸치를 비롯해 다양한 잡고기들이 걸린다. 특히 죽방염 멸치는 맛이 좋아 비싼 값에 팔려나간다. 이곳에서 건져온 잡고기들은 말 그대로 자연산이어서 죽방염 고기로 회

꽃에게 길을 묻다

155
남해도 치자꽃

를 치는 횟집의 인기도 만만치 않다. 죽방염이 있는 포구에 이르렀을 때는 해가 막 넘어갈 무렵이었다. 바다 위로 짙은 주홍의 석양이 길게 드리워질 때 죽방염은 밀물에 갇혀 그물을 매단 말뚝만 파도 위로 흔적을 드러내고 있었다. 이곳에서 남해도 왼쪽 해안선을 돌아가면 통영으로 연결되는 다리가 나온다.

저녁 으스름 속의 치자꽃 모양
아득한 기억 속 안으로
또렷이 또렷이 살아 있는 네 모습
그리고 그 너머로
뒷산마루에 둘이 앉아 바라보던
저물어 가는 고향의 슬프디슬픈 해안통海岸通의
곡마단의 깃발이 보이고 천막이 보이고
그리고 너는 나의, 나는 너의 눈과 눈을
저녁 으스름 속의 치자꽃 모양
언제까지나 언제까지나 이렇게 지켜만 있는가.

- 유치환, 「梔子꽃」

통영에 살았던 유치환은 날마다 우체국에 나와 사랑하는 여인에게 편지를 보냈다. 유부남이었던 유치환은 남편을 잃고 홀로 사는 시조시인 이영도 여사와 그렇게 우체국 푸른 계단에서 하염없이 교신만 했다. "사랑하였으므로 행복하였네라"고 썼던 그가 멀리 있는 여인을 단지 그리워하는 것만으로 과연 행복했을까. 저녁 어스름에 애꿎은 치자꽃이 애써 다독거리던 마음을 일렁이게 한 모양이다. 묻지 말자. 사랑을 해도, 외면해도, 세월은 흘러가고, 다시 꽃은 핀다.

영원으로 떠난 신부의 옷자락

- 전주 석류꽃

전
주

석
류

꽃

새벽까지 시인의 집 지붕과 돌담을 두드리는 빗소리 때문에 쉬 잠들
수 없었다. 아직 제대로 만나지 못한 돌담 아래 석류꽃이 장맛비에 다
떨어져 버릴까 걱정스러웠다. 전주에 사는 안도현 시인이 모악산 아래
집필실 뜰에 석류꽃이 피었으니 내려오라고 했다. 이번 꽃기행 목적지
를 흔쾌히 전주 쪽으로 잡았던 것인데, 어두운 밤에 도착해 아직 시인
의 집 뜰에 피어 있는 석류꽃은 보지 못한 처지였다. 전날 오후 전주 덕
진공원 호숫가에 피어 있는 석류꽃을 먼저 만나긴 했다. 공원의 석류꽃
은 오락가락하는 장맛비 속에서도 건재했다. 비가 내리는데도 벌들이
주홍의 꽃등불 주변을 열심히 맴돌며 꿀을 채취하고 있었다. 그 꽃들도

꽃에게 길을 묻다

옛 페르시아 땅이란 석류공 예링정원에서 만난 석류나무 숲.

전주 석류꽃

몇 번 더 비를 맞고 나면 곧 떨어질 것이다.

뜰 안에 석류꽃이 마구 뚝뚝 지는 날, 떨어진 꽃이 아까워 몇 개 주워 들었더
니 꽃이 그냥 지는 줄 아나? 지는 꽃이 있어야 피는 꽃도 있는 게지 지는 꽃 때
문에 석류 알이 굵어지는 거 모르나? 어머니, 어머니, 지는 꽃 어머니가 나 안쓰
럽다는 듯 바라보시고, 그나저나 너는 돈 벌 생각은 않고 꽃 지는 거만 하루종
일 바라보나? 어머니, 꽃 지는 날은 꽃 바라보는 게 돈 버는 거지오 석류 알만
한 불알 두 쪽 차고앉아 나, 건들거리고

— 안도현, 「꽃 지는 날」

꽃이 떨어져야 열매를 맺을 수 있다. 시인의 어머니도 지는 꽃이다.
그 지는 꽃이 있기에 '석류알만 한 불알 두 쪽'을 거느린 시인이 존재할
수 있는 것이다. 석류는 생명의 나무로도 불린다. 민간요법에서 석류는
열매는 두말할 것도 없고, 뿌리와 껍질 꽃잎까지 유용하지 않은 게 없
는 요긴한 나무다. 만성 관절염에는 말린 석류 껍질이, 부어서 아플 때
는 석류 열매와 잎사귀가, 자궁출혈에는 말린 석류꽃이, 감기에는 껍질
이나 뿌리를 달인 물이, 심지어 무좀에는 뿌리껍질이 특효라고 알려져
있다.
석류의 원산지는 이란 쪽이다. 고대부터 중동 지방의 특산물이었고,

초기 기독교에서는 에덴동산 금단의 나무도 석
류나무였을 것으로 상상했을 정도다. '비너
스의 탄생'으로 유명한 르네상스시대의
화가 보티첼리도 '석류의 성모'라는
유명한 그림을 남겼다. 아기 예수가
오른손으로는 강복降福을 하고 왼손
으로는 성모의 손에 놓인 석류 껍질
을 벗기려는 자태가 그려져 있다. 성
모와 아기 뒤편에서는 소년인지 소녀인
지 분명하지 않은 중성적 이미지의 천사 여
섯이 우수에 찬 표정으로 서 있다.

석류는 꽃보다 가을에 열매를 맺어 반쯤 벌어진 틈새로 보석 같은 알
갱이가 햇살에 반사될 때 그 아름다움이 절정이다. 하지만 여름에 피는
꽃의 아름다움도 무시할 수 없다. 주홍의 맑은 빛깔은 따스한 열정의
극대치로 다가온다. 한국에는 대략 오백여 년 전에 들어온 것으로 알려
져 있는데, 추위에 약해서 중부지방에서는 생육이 힘들고 전라북도나
경상북도 아래 지역에서만 월동이 가능하다. 특히 석류 열매는 알갱이
가 많아서 다산의 상징으로 즐겨 활용됐는데 전통혼례복 중 활옷이나
원삼에 석류 문양이 많은 것도 그 때문이다. 석류에 대한 시로는 미당
의 것이 단연 돋보인다.

꽃에게 길을 묻다

春香이
눈썹
넘어
廣寒樓 넘어
다홍치마 빛으로
피는 꽃을 아시는가?

비 개인
아침 해에
가야금 소리로
피는 꽃을 아시는가
茂朱 南原 石榴꽃을…

石榴꽃은
永遠으로
시집가는 꽃.
구름 넘어 永遠으로
시집가는 꽃.

우리는 뜨내기

전주 석류꽃

나무 기러기

소리도 없이

그 꽃가마

따르고 따르고 또 따르나니…

– 서정주, 「石榴꽃」

　미당은 석류꽃의 맑은 주홍을 다홍치마빛이라고 했다. 그 다홍치마를 입고 '영원으로 시집가는 꽃'이라고 했다. 구름을 넘고 넘어 영원으로 시집가는 꽃, 그리하여 우리는 그 영원한 아름다움을 태운 꽃가마 뒤를 따르고 또 따를 뿐인 '뜨내기'라고도 했다. 황홀하여 그 앞에 엎드려 경배하고 싶은 감동을 억누르지 못하는 시인의 감성이 차고 넘친다. 시집가는 꽃의 이미지는 혼례복에 수놓아진 석류 문양에서 비롯됐을지 모르지만, 그보다는 석류꽃의 빛깔이 너무나 은근하고 관능적이어서 첫날밤의 사랑을 떠올리게 하는 것인지도 모르겠다.

　철저하게 감성을 배제하고 이성을 신봉했던 프랑스 시인 폴 발레리는 석류에서 관능보다는 영혼의 숨겨진 비밀을 보았다. 그는 석류 앞에서 "이 눈부시게 빛나는 파열은 내가 전에 지녔던 하나의 넋에게 제 은밀한 얼개를 꿈꾸게 하는구나"라고 관조하는 시각을 취한다. 발레리가 처음부터 이성을 신봉하는 시작 태도를 보였던 것은 아니다. 그는 젊은 날

짝사랑에서 오는 절망감 때문에 감정에 몰두하기를 거부하고 철저하게 '지성의 우상'에 헌신하기로 작정했다. 하지만 발레리 또한 사랑이라는 '질병'으로부터 그 이후 완전히 자유로웠던 것은 아니다. 제 아무리 명징한 이성으로 자신의 의식을 관찰하고 분석하려 한 시인이었다지만 사랑 앞에서는 무력했고, 생사의 접경에서는 생에 대한 애정으로 강력하게 돌아섰다. 그는 석류 알알에서 영혼의 지도를 읽어내며 끝없이 마음을 다스리려 했을 뿐이다.

안도현 시인의 집필실은 완주군 구이면의 농가를 개조해서 만든 공간이다. 농촌에 흔하게 널려 있는 빈집 하나를 구입해서 보일러를 깔고 천정까지 뜯어낸 뒤 한지로 도배를 해서 그럴듯하게 꾸민 집이다. 전주 시내의 시인 집에서 승용차로 불과 이십여 분 거리에 떨어져 있다. 십여 년 전에 안도현이 이 집필실을 꾸렸을 때 벗들이 내려와 집들이를 한 적이 있다. 그때 벗 중 한 명이 이 집의 옥호를 '九耳九山'이라 지어 현판까지 걸어주었다. 집필실 앞으로 흐르는 개울에서 버들치를 건져다가 어죽을 끓여 밤새 술로 시달린 위장을 달랜 기억도 난다. 지금은 지리산 자락으로 이사 가고 없지만 인근 모악산에서 마당 앞으로 흐르는 개울의 버들치를 친구처럼 데리고 산 박남준 시인이 그 이야기를 듣고 경악했었다. 그때만 해도 마당 귀퉁이에 지어진 정자도 없었고, 돌담 밑에 석류나무도 없었다. 자고 일어났더니 천지가 눈으로 뒤덮여 황홀한 아침을 맞았던 기억도 난다. 오늘은 밤을 새워 비가 내린다.

171

빗소리를 들으며 뜰의 석류꽃을 걱정하다가 어느새 잠이 들었던 모양이다. 시인의 집 창호지 바른 문이 환해질 무렵 눈을 떴다. 돌담 아래 석류꽃은 밤새 잘 있었다. 공원의 석류꽃보다 초라하고 작기는 해도 시인의 애정을 듬뿍 받고 피어난 꽃이라서 그런지 애교를 떠는 어린 여자아이처럼 앙증스럽다. 초록의 짙은 배경 속에 다홍치마 붉은빛으로 점처럼 박혀 있는 석류꽃. 시인은 밤새 잘 견디어준 그녀에게 반갑게 입을 맞춘다. 마루에 앉아 석류꽃만 바라보며 건들거리는 시인을 나무라는 어머니에게 "어머니, 꽃 지는 날은 꽃 바라보는 게 돈 버는 거지요"라고 했다는 말이 그냥 허언만은 아니었던 모양이다. 이렇게 그 덕분에 시 한 편 곳간에 저장했으니.

마당가에 석류나무 한 그루를 심고 나서

나도 지구 위에다 나무 한 그루를 심었노라,

나는 좋아서 입을 다물 줄 몰랐지요

그때부터 내 몸은 근지럽기 시작했는데요,

나한테 보라는 듯이 석류나무도 제 몸을 마구 긁는 것이었어요

새 잎을 피워 올리면서도 참지 못하고 몸을 긁는 통에

결국 주홍빛 진물까지 흐르더군요

그래요, 석류꽃이 피어났던 거죠

나는 새털구름의 마룻장을 뜯어다가 여름내 마당에 평상을 깔고

눈알이 붉게 물들도록 실컷 꽃을 바라보았지요

나는 정말 좋아서 입을 다물 수 없었어요

그러다가 어느 날 문득 가을이 찾아왔어요

나한테 보라는 듯이 입을 딱, 벌리고 말이에요

가을도, 도대체 참을 수 없다는 거였어요

- 안도현, 「석류」

피 터지는 사랑 없이는
- 백두산 야생화

백
두
산

야
생
화

백두산 천지에서 내려오는 버스 안에서 연신 카메라 셔터를 눌러댔다. 구불구불한 고원의 좁은 흙먼지 길을 내려가는 버스의 흔들림 때문에 사진을 제대로 건지기 어렵다는 사실을 알면서도 어쩔 수 없었다. 조선민주주의인민공화국에서 제공한 버스를 타고 새벽부터 바람 부는 천지에 올라, 남과 북의 작가들이 해돋이를 배경으로 상징적인 행사를 치르고 내려가는 길이다. 천지 주변에도 백두산에서만 볼 수 있는 몇 종류의 야생화들은 피어 있었지만, 내려가는 길은 그야말로 꽃들의 평원이요, 꽃들의 잔치판이었다. 아쉽게도 북에서 운영하는 버스는 지정된 행사 장소 외에는 멈추지 않았다.

돌아와서 챙겨 보니 흔들리는 버스에서 찍어댄 사진 중 의외로 괜찮은 놈이 하나 보인다. 꽃 사진은 아니다. 해발 2,750미터에서 내려오는 길이었는데, 고원과 앞서가는 버스와 전신주의 검은 실루엣 너머로 극명하게 대비되는 눈부신 하얀 운해雲海가 이승과 저승을 가르는 풍경처럼 펼쳐진 사진이었다. 며칠 동안 북에서 느꼈던 답답함과 안타까움을 한꺼번에 날려버리는 깊이가 있었다. 그래서 두메양귀비가 더 애틋했을 것이다.

분단 이후 처음으로 남과 북의 작가들이 2005년 평양에서 만났다. 평양에서 이틀을 보낸 뒤 일행은 비행기로 삼지연 공항까지 이동해, 김일성의 항일전투의 요새로 활용했다는 백두산 밀영 근처의 '베개봉 호텔'에 여장을 풀었다. 도착한 첫날 오후 밀영을 둘러본 뒤 다음날 새벽 천지로 향했다. 일출에 맞추어 천지에서 남북작가들의 낭송회와 선언문 낭독 등의 행사가 예정돼 있었다. 천지의 날씨가 변덕이 심해서 제대

로 일출을 보기가 쉽지 않다고 했다. 일행은 천지 바로 아래까지 버스로 가서 천지로 올라갔다. 여름이라지만 해발 2,700미터가 넘는 고지의 바람은 쌀쌀하기 그지없었다. 비까지 뿌렸다. 일출을 보기가 쉽지 않을 것 같은 예감이었다.

헌데 보란 듯이 천지 옆 구름바다 위로 붉은 해가 솟기 시작했다. 일행들은 너나할 것 없이 탄성을 지르고 만세를 불렀다. 남북작가들의 행사가 진행되는 동안 뒷전으로 물러나 고원지대를 내려다보았다. 관목들이 자라지 못하는 고지대의 야트막한 구릉은 연록의 풀들도 뒤덮여 있었다. 해가 점점 높이 올라가면서 고지대 특유의 맑은 빛을 뿌렸다. 그 투명한 천지의 아침 햇빛 아래 두메 양귀비들이 바람에 흔들리고 있었다.

두메양귀비는 백두산에서만 볼 수 있는 야생화인데, 이 여인의 생존방식은 기특하다 못해 안쓰러울 정도다. 살기 위해 대자연의 품에서 몸부림치는 두메양귀비는 투명한 노란 빛깔이다. 백두산에는 유월이 와

천지에서 내려가는 길, 눈앞에 구름바다가 넘실댄다.

두메양귀비

야 겨우 봄이 시작된다. 그 봄은 순식간에 훌쩍 지나고 여름과 가을까지 합쳐 겨울이 아닌 계절은 세 달밖에 허용되지 않는다. 팔월 말부터 서리가 내리기 시작하고 이어 다시 눈으로 덮이는 '백두白頭'로 돌아간다. 이런 생존 환경에서 꽃들은 부지런히 피었다가 부지런히 열매를 맺어야 한다. 비록 눈은 내리지 않더라도 바람이 거센 환경에서 꽃을 크게 피울 수도 없다. 작은 꽃으로 바람과 싸워야 한다. 꽃으로 벌을 유혹할 수 없는 녀석들은 잎을 꽃처럼 화려하게 윤색해 호객까지 한다.

그중에서도 두메양귀비가 가장 적극적이다. 바람이 불면 꽃들이 바람 부는 반대 방향으로 몸을 돌린다. 그렇게 몸을 돌려도 바람이 꽃의 심

장을 향해 육박해 오면 둥그런 꽃잎을 아예 닫아 버린다. 어떻게 한갓 꽃이 그렇게 자신의 씨앗을 보존하기 위해 악착같이 움직이기까지 하느냐고 의심하는 사람들에게 야생화 전문가 한 사람은 이런 실험 방식을 제안한다. 두메양귀비를 향해 입으로 바람을 불어넣어 보라고. 그리하여 수줍은 듯, 혹은 앙칼지게 몸을 돌리는 양귀비의 자태를 직접 확인해 보라고.

천지에서 '범꼬리'라는 여인도 만났다. 이 야생화는 바람에 대응하기 위해 색다른 전략을 구사한다. 작은 꽃 하나로 승부를 겨루는 게 아니라, 말 그대로 범의 꼬리처럼 단단하고 둥글고 긴 꽃대를 내민다. 천지

범꼬리

의 새벽에 떠오르는 햇빛을 받아 그 여인은 청아했고, 슬쩍슬쩍 바람에 몸을 내주어 흔들리는 품이 요염하기까지 했다.

북한은 1952년 2월 백두산을 '백두산 자연보호구'로 지정하고 1985년 8월에는 '백두산 혁명전적지 특별보호구'로 명칭을 변경했다. 이어 1989년 4월에는 유네스코 국제생물권보호구로 등록됐다. 이 보호구역은 량강도 삼지연군의 거의 전 지역을 차지하며 면적은 약 140제곱킬로미터에 이른다. 용암이 골짜기를 메워 이루어진 이 보호구역에는 천지의 장군봉을 중심으로 정일봉, 소백산, 간백산, 무두봉, 간삼봉, 베개봉, 청봉 등 2,000미터 안팎의 높은 봉우리들이 있다. 150여 종의 고산식물

곰취

을 포함해 330여 종의 식물이 살고 있다. 해발 1,600미터 아래에는 이깔나무, 분비나무, 가문비나무, 자작나무, 사시나무 등이 자라며 1,600~2,000미터 지역에는 주로 분비나무와 가문비나무가 분포한다. 조선범(백두산호랑이), 누렁이(말사슴), 사슴, 큰곰, 세가락딱따구리 등 1,100여 종의 동물도 이곳에서 함께 살아간다.

　일행은 천지에서 내려와 오후에는 해발 1,395미터 고도에 자리 잡은 삼지연으로 떠났다. 백두산에서 흘러내린 용암이 막아놓은 세 개의 호수로 말미암아 삼지연三池淵이라 불리는 곳이다. '삼지연'이라는 말만 들어도 백두의 원시림과 푸른 물이 어우러지는 민족의 성스러운 심장이라는 감상이 일었다. 삼지연에 대한 기대는 사실 천지보다 더 컸다. 천지는 중국이 열리면서 연변을 통해서도 쉽게 오갈 수 있는 곳이 아닌가. 늘 그렇긴 하지만 기대가 클수록 실망도 크다는 말은 삼지연에도 적용됐다.

단지 기대가 커서라기보다도 자연 그대로 잘 보존하면 기대했던 것보다 넓든 좁든, 주변 풍광이 아름답든 실망스럽든 문제 될 것이 없다. 혁명을 기리는 부조들이 담을 치듯 삼지연을 에워싸고 있고, 그나마 삼지연 쪽으로 열린 공간에는 거대한 혁명기념탑이 가로막고 있다. 심지어 삼지연 호수 위에까지 혁명기념물이 서 있었다.

김일성 주석이 항일무장투쟁을 벌일 당시 요새로 활용했다는 귀틀집 '백두산 밀영'에 갔을 때도 사정은 마찬가지였다. 낭만적이고 아름다운 풍경에 채 취할 겨를도 없이 군복 차림의 여성 안내원 동지가 격정에 찬 목소리로 손마이크를 들고 감동을 권유한다. 곰취, 모든 취나물 중에서도 으뜸이라는 그 곰취도 노란 꽃대롱을 쳐들고 안내원 동지의 말을 경청하고 있었다.

무슨 꽃이기에 이다지 먼 데까지 이승인가

국가표준점 밖

거기 온통 꽃장날이네만

그런 꽃이 아니라면

무슨 꽃이기에

북한 양강도 백무고원 숨은 감자꽃이었습니다

아침 찬이슬 함초롬히

나이 스물셋이나 넷쯤으로

젊은 아낙이었습니다

저녁이면 이른 어둑발
초승달 있다가
다시 들어간 뒤
남아 있는 웃음이었습니다

모든 것 다 높여 말하고 싶었습니다
어디 가시는 길이오
이런 물음 없이도
소백에서 오는 길입니다

3년이나 못 본 언니 보고 싶어서
소백 언니네 집에 갔는데
먼 길이니
하룻밤 자고 가라는 것을
그냥 오는 길입니다

여기서 소백이 얼마나 됩니까
이런 물음 있으나마나

187
백두산 야생화

삼지연읍 인민이 비 내리는 이깔나무 숲길을
호젓하게 걸어간다.
어린 딸 앞세우고 우산도 없이
어디 가는 길이신가.

소백읍에서 여기 삼지연읍까지 12킬로입니다

1시간 반 걸렸습니다

이제 김정일고등중학교 앞을 지나서

정든 집이면

식구들 늦은 저녁 지으렵니다

대낮에도 으슬으슬한 이깔나무 숲이었습니다

그 숲길 호젓이

두려움도 모르고

외로움도 모르고 가고 옴이었습니다

이곳에서 태어나
이곳에서 자란 조선의 여자
무엇 하나
단 한번도 의심해보지 않은 그것이었습니다
차라리 삼지연 물의 새소리 떠 있는
잔물결 그것이었습니다

나는 남쪽에서 온 사람이오
반갑습니다
이런 인사 없이도
그네 뒷모습 금방 멀어져가는 어둠 가운데
무엇을 다짐하기에도 모자란 그것이었습니다

감자꽃

- 고은, 「삼지연 젊은 아낙」

백두산 야생화

고은 시인은 대낮에도 으슬으슬한 이깔나무 숲길을 홀로 걸어가는 여인을 보고 「삼지연 젊은 아낙」이라는 시를 썼다. 그는 그 여인을 삼지연 읍의 인민들이 전력을 기울여 경작하는 감자밭의 감자꽃으로 묘사했다. 시인의 낭만적인 감성에다 북녘 인민을 따뜻하게 껴안고 싶어 하는 정서가 곁들여져 뭉클한 시편이다. 안도현 시인은 이날 아침 천지에서 "한 사람을 사랑하지 않고서는/ 그 누구도 자신의 삶을 사랑할 수 없다는 것을/ 또한 자신의 삶을 사랑하지 않고서는/ 조국도 사랑할 수 없다는 것을/ 이 새 아침에 배웁니다"(「사랑을 노래함」)라고 낭송했다. 안도현은 그 시에서 "피 터지는 사랑 없이는/ 좋은 세상에서 만날 수 없음을 믿습니다"라고도 했다.

다시 사진 속에서 하얗게 남실거리는 구름바다를 본다. 운해를 향해 한 발만 내디디면 사상도 분단도 조국도 무심해질 세상으로 갈 것이다. 이 짧은 생의 환한 계절에, 피 터지는 사랑 없이는 아무도 꽃을 피울 수 없다. 노란만병초, 백두산철쭉, 큰원추리, 금매화, 개불알꽃, 하늘매발톱, 산용담, 화살곰취, 두메양귀비, 애기황기, 담자리꽃, 바람꽃 들이 몸으로 보여주는 '피 터지는 사랑'이 지금 백두산에서 뜨겁다.

가을밤 같이 차게 울었다

– 묘향산 도라지

묘향산 도라지

파리한 낯빛의 여인에게서 옥수수를 샀다. 그 여인 옆에서 나이 어린 딸이 엄마의 빛바랜 치맛귀를 잡고 수줍은 듯이 나를 쳐다보았다. 여인 곁을 떠날 때 아이는 울기 시작했다. 아낙은 아이를 때리며 같이 울었다. 그때 그 여인을 닮은 여승을 묘향산 보현사에서 보았다. 아이는 심심산골 무덤가에 핀 도라지꽃이 좋아 무덤으로 들어갔고, 지아비는 섶벌처럼 날아간 뒤 돌아오지 않았다고 했다. 여인은 치렁한 검은 머리를 잘라 절집 마당가에 버리면서 눈물도 함께 떨구었다. 산꿩이 울던 날 여승은 가을밤같이 차게 울었고, 옛날같이 늙었으며, 불경처럼 서러웠다.

女僧은 合掌하고 절을 했다

가지취의 내음새가 났다

쓸쓸한 낯이 옛날같이 늙었다

나는 佛經처럼 서러워졌다

平安道의 어늬 山 깊은 금덤판

나는 파리한 女人에게서 옥수수를 샀다

女人은 나어린 딸아이를 따리며 가을 밤같이 차게 울었다

섶벌 같이 나아간 지아비 기다려 十年이 갔다

지아비는 돌아오지 않고

어린 딸은 도라지꽃이 좋아 돌무덤으로 갔다

山꿩도 설게 울은 슬픈 날이 있었다

山절의 마당귀에 女人의 머리오리가 눈물방울과 같이 떨어진 날이 있었다

-백석, 「女僧」

　묘향산에 가서 백석의 여승을 만나리라고 생각한 것은 아니다. 다만
'외롭고 높고 쓸쓸한' 시인의 고향이 평안북도 정주이니, 그의 고향과
가까운 평북 향산군 묘향산에서 시인의 체취를 조금이라도 느낄 수 있
으려니 기대했을 뿐이다. 섶벌같이 나아간 지아비는 십 년이 가도 돌아
오지 않고 어린 딸은 무덤가에 핀 도라지꽃이 좋아서 돌무덤으로 갔단
다. 서럽고 서럽되 북방의 푸른 정서가 그 서러움을 높이 올려놓는다.
백석이 평안도 어느 금광 입구에서 옥수수를 파는 그 노점의 여인을
만난 뒤 이 시를 썼을 법한데, 그 여인도 이미 이 세상 사람은 아닐 것
이다.

　　남북작가대회 일원으로 평양에 갔다가 묘향산 보현사에 들른 길이었
다. 묘향산 보현사는 서산대사가 의병을 일으켰던 천년 고찰이다. 고
려시대에 생겨난 이 절집은 입구에서 대웅전까지 남북으로 하나의 축
을 이루어 문이 줄줄이 지어진 구조로도 소문나 있다. 조계문 지나 해
탈문, 해탈문 지나 천왕문, 천왕문 지나 만세루, 만세루 지나 대웅전, 그
대웅전 오른편 좁은 텃밭에 도라지꽃이 무리 지어 피어 있었다. 천년
고찰의 퇴락한 빛깔이라고는 도무지 찾아보려야 보이지 않는 깔끔하게
정돈된 북한의 절에서 여승의 눈물 자국은 볼 수 없었고, 대신 대웅전
옆 남새밭에서 여인의 딸이 좋아했다는 도라지꽃을 만날 수 있었다.

도라지꽃밭에서 눈을 들어 절 마당을 바라보면, 팔각십삼층석탑이 백네 개의 '바람방울'을 매달고 정교한 아름다움을 은은하게 과시한다. 십삼 층에 이르는 석탑의 매 층마다 여덟 개의 각을 이룬 돌 지붕이 있고, 그 지붕마다 풍경을 매달아놓았다. 북에서는 풍경을 '바람방울'이라 부른다고 했다. 독보적인 아름다움과 가치를 자랑하는 그 석탑 꼭대기 너머로 웅장하고 아늑한 묘향산 산세가 흐린 그림자로 흘러간다. 도라지밭을 떠나 대웅전 왼편으로 걷기 시작하면 영산전을 스치고 관음전을 지나 수충사에 이른다. 수충사는 서산, 사명대사와 처영 스님의 영정을 모신 집이다. 그 수충사 앞마당에도 도라지꽃이 피어 있었다. 수충사를 나와 절집 입구 쪽으로 걷다 보니 본격적으로 도라지꽃들이 영접한다. 보라색과 흰색이 고루 섞인 별들의 밭이다.

도라지는 꽃도 아름답지만 사람들은 그 뿌리에 대한 집착이 더 강하다. 사포닌 성분이 많은 도라지 뿌리 중 오래된 것은 인삼 못지않은 강력한 강장 에너지가 담겨 있다고 사람들은 믿어왔다. 도라지는 씨만 뿌리면 어디서나 잘 자라는데, 굳이 그런 수고를 하지 않아도 깊은 산중에 들어가면 유월부터 초가을까지 흔하게 볼 수 있는 자생 식물이다. 그래서 산중에 외롭게 누워 있는 무덤과 도라지꽃이 쉽게 시인의 눈에 잡혔을 것이고, 도라지꽃은 죽음의 이미지와 가깝게 묘사되곤 했다. 그래서 백석도 여인의 딸의 죽음을 '어린 딸은 도라지꽃이 좋아 돌무덤으로 갔다'고 에둘러 표현했을 것이다.

흰 꽃이 피었습니다

보라 꽃도 덩달아 피었습니다

할미가 가꾼 손바닥만한 뒤 터에

꽃들이 화들짝 화들짝 피었습니다

몸은 땅에 묻혀 거름이 되고

하얀 옷깃이 바람에 흔들립니다

무더기로 손 쓸립니다

수년 전 먼저 길 떠난 內子를 여름빛으로 만나

한참을 혼자 바라보던 할애비도

슬며시 보랏빛

물이 듭니다

― 정한용, 「도라지꽃」

도라지꽃은 이처럼 부당한 죽음의 이미지만 뒤집어쓰지는 않았다. 삼한 적부터 내린 맑은 이슬의 이미지이기도 하고, 아득한 고대에서 들려오는 피리 소리와 닮기도 했다. 울면서 천리 황톳길을 헤맸던 한하운 시인은 '이 강산 도라지꽃 빛 가을 하늘'이라고도 했다(「국토편력國土遍歷」). 도라지꽃잎을 가까이서 보면 보라색 수맥이 실핏줄처럼 퍼져 있는데, 여인의 맑은 피부에 드러나는 푸른 정맥 같은 그 섬세한 혈관에서는 싱싱한 생명력이 넘쳐난다. 꽃의 형상이 별을 닮아서 우주를 떠돌다가 잠시 지상에 내려온 별의 이미지로도 자주 비유된다. 꽃을 뒤에서 보면 '머리 옥빛 나게 깎고 송낙 깊이 눌러쓴' 스님처럼 보이기도 한다. 꽃은 보라색이 아니면 순정한 백색이다. 그렇지만 도라지꽃이라고 모든 꽃들에게 지워진 운명을 피해가지는 못한다. 시인들은 도라지꽃에도 관능적인 여인의 이미지를 기어이 덧씌우고야 만다.

사랑이 별것이더냐

슬퍼하는 일이제

밭이랑 사이로 철썩 철썩 파도치는 일이제

아직도 슬픔의 파도 출렁인다면

봉긋 봉긋 도라지꽃, 도라지꽃 피어날 수 있겠네

꽃봉오리 깨물면 비릿한 향기

적막한 산천을 적시겠네

찌르르 찌르르 봉분마다

숫처녀 적 도라지꽃 피어나겠네

−박라연, 「도라지꽃 피는 계절」에서

도라지꽃의 봉긋한 모양, 그 꽃이 피어나는 심심산천의 청정한 배경, 그 환경 때문에 도라지꽃은 숫처녀의 젖가슴을 닮았다고 회자된다. 만지면 '찌르르 찌르르' 몸을 떠는 깊은 산중의 숫처녀는 하필 아늑한 무덤가 적막한 산천에서 그렇게 전율한다. 아직 제대로 살아보지도 않은 그 숫처녀에게 시인은 자신의 설움을 투사하기까지 한다. "사랑이 별것이더냐, 슬퍼하는 일이제"라고. 슬픔은 문학적으로 포장되면 아름다울지 모르지만, 자신의 일이 아니라 남의 감정이라면 더 그렇겠지만, 정작 그 슬픔을 앓는 사람에게는 지극한 고통이다. 사랑의 달콤함은 사랑 내내 길지 않고 나머지 대부분의 시간은 번민하고 기다리고 목마르는 고통으로 채워진다. 그래도 인간들은 부나방처럼 그 고통의 시간을 향해 끝없이 달려간다.

4부

백 일의 사랑, 백 일의 절망
- 명옥헌 배롱나무

명옥헌 배롱나무

배롱나무 붉은 꽃에게 붉다는 표현은 어딘가 부당하다. 장미처럼 붉지 않고, 칸나 같은 핏빛이 아니다. 연분홍 다사로움, 자줏빛 은근한 정념도 없다. 빨강도 아니고 주황도 아니다. 귀기 어린 붉은빛이다. 느꺼운 빨강이다. 이승과 저승을 가르는 강가에 피어 있을 반투명 유리창 너머 흐릿한 분홍이다. 그 몽환적인 붉은 꽃은 여름을 지나 나락이 익는 가을까지 남도의 길가, 무덤과 사당, 절집 뜨락, 선비의 원림苑林에 질기게 피어 있다. 어쩌자고 무덤과 사당과 절집, 하필 선비의 정원에서 붉은가.

석달 열흘 피는 백일홍에는 멕시코에서 넘어온 꽃백일홍이 있고, 고려시대에 중국에서 넘어온 목백일홍이 있다. 목백일홍이 바로, 백일홍

배기롱 배롱… 배롱나무다. 꽃백일홍은 한해살이 풀이고, 배롱나무는 수백 년을 사는 백일홍이다. 둘 다 백 일 동안 핀다. 배롱나무 백일홍은 사실 백 일 동안 여일하게 피어 있는 것은 아니다. 피었다 지고, 다시 옆에서 피어나고, 지고 피기를 백 일 동안 반복하다 보니 배롱나무는 백 일 동안 붉게 보일 따름이다. 사랑의 유효기간은 짧다. 유효기간이 지난 사랑은 사랑이 아니라 정이다. 정도 옆에 있어야 정이다. 지근거리에서 새롭게 피고 지고 피는 정인의 볼 꼴 못 볼 꼴 다 보지 않는 한, 기억의 유효기간은 허망한 법이다.

피어서 열흘 아름다운 꽃이 없고
살면서 끝없이 사랑받는 사람 없다고
사람들은 그렇게 말을 하는데

한여름부터 초가을까지
석달 열흘을 피어 있는 꽃도 있고
살면서 늘 사랑스러운 사람도 없는 게 아니어

함께 있다 돌아서면
돌아서며 다시 그리워지는 꽃 같은 사람 없는 게 아니어
가만히 들여다보니

한 꽃이 백 일을 아름답게 피어 있는 게 아니다

수없는 꽃이 지면서 다시 피고

떨어지면 또 새 꽃봉오릴 피워 올려

목백일홍 나무는 환한 것이다

꽃은 져도 나무는 여전히 꽃으로 아름다운 것이다

제 안에 소리없이 꽃잎 시들어가는 걸 알면서

온몸 다해 다시 꽃을 피워내며

아무도 모르게 거듭나고 거듭나는 것이다

– 도종환, 「목백일홍」

명옥헌 배롱나무

　전남 담양 후산마을 명옥헌 원림의 배롱나무 가지에 피어난 붉은 꽃을 클로즈업했을 때 바로 옆에서 개화를 준비하는 꽃망울들이 흐릿하게 잡혔다. 녀석들은 백 일 동안 경쟁하듯 사랑하는 것이다. 그들의 사랑은 짧다. 사랑을 펼칠 운명의 시간이 백 일밖에 주어지지 않았으므로, 그 백 일 중 어느 며칠 동안만 사랑할 수 있으므로, 그들은 조바심을 내며 자신의 시간을 애타게 기다리는 것이다. 그래서 배롱나무 가지는 백 일 동안 내내 사랑을 하는 것처럼 보일 따름이다. 사랑은 늘 피고 지고 피지만, 인간이라는 나무가 늘 사랑을 매달고 사는 것처럼 보이는 이유다.

그 여름 나무 백일홍은 무사하였습니다.
한차례 폭풍에도 그 다음 폭풍에도 쓰러지지 않아
쏟아지는 우박처럼 붉은 꽃들을 매달았습니다.

그 여름 나는 폭풍의 한가운데 있었습니다.
그 여름 나의 절망은 장난처럼 붉은 꽃들을 매달았지만
여러 차례 폭풍에도 쓰러지지 않았습니다.

넘어지면 매달리고 타올라 불을 뿜는 나무
백일홍 억센 꽃들이 두어 평 좁은 마당을 피로 덮을 때,
장난처럼 나의 절망은 끝났습니다.

- 이성복, 「그 여름의 끝」

사랑하지 않는 사람에게, 희망이 없는 이에게, 절망은 찾아오지 않는
다. 절망은 사랑의 흔적이다. 절망이라는 이름의 사랑을 할 때 온몸에
붉디붉은 자취들이 불을 뿜을 듯이 매달리지만, 그 고통을 이기지 못해
몸을 흔들어 붉은 생채기들을 털어내려 하지만, 아물어가는 상처 옆에
서 다시 새로운 붉은 마음이 솟아나 인생의 한 계절 내내 절망했다는
시인의 고백이다. 그리하여 그 붉은 것들을 토해내 마당을 피로 물들였

을 때 비로소 시인의 절망은 끝난다. 절망을 택할 것인가, 사랑을 버릴 것인가. 배롱나무는 의연하게 절망을 택했다. 배롱나무의 절망은 백 일 동안의 사랑이었다.

자기 살을 자기 손으로 떼어내며
백일홍이 지고 있다

백일홍은 왜
자기 연민도 자기에 대한 증오도 없이
자신한테 버럭 소리 한번 지르지도 않고
뚝뚝, 지고 마는가

여름 한낮, 몸속에 흐르던 강물을
울컥울컥 토해내면서
한 마리 혼절한 짐승같이 웅크리고 있는 나무여

나 아직도 너에게 기대어
내 몸을 마구 비벼보고 싶은데
혼자서 피가 뜨거워지는 일은
얼마나 두렵고 쓸쓸한 일이냐

女中生들이 몰래 칠한 립스틱처럼

꽃잎을 받아먹은

지구의 입술이 붉다

그 어떤 고백도 맹세도 없이

또 한 여자를 사랑해야 하는 날이 오느냐

- 안도현, 「20세기가 간다」

꽃에게 길을 묻다

219
명옥헌 배롱나무

　한 마리 혼절한 짐승같이 웅크리고 있는 나무여. 혼절한 짐승이여. 몸속에 흐르던 강물을 울컥울컥 토해내는 짐승이여. 백 일도 너무 길던가. 그 백 일도 견디어 내기 힘든데 무슨 사랑을 하려고 했는가. 사랑하기도 쉽고 혼절하기도 쉽다. 그 혼절에서 깨어났을 때 견디기는 더 어렵다. 사랑은 절망이다.

　담양은 정자문화가 가장 발달한 곳이다. 소쇄원을 비롯해 면앙정, 식영정, 송강정, 명옥헌, 독수정 등 수많은 정자가 남아 있다. 땅이 기름진 탓에 부유한 지주들이 많았는데 이들이 사화를 겪으면서 고향에 돌아와 정자와 원림을 지었다. 정자 둘레엔 백여 년 수령의 배롱나무 수

십 그루가 울창한데, 한창 만개할 때는 정자는 안 보이고 오로지 불그레한 꽃잎만 장관을 이룬다. 소쇄원과 더불어 아름다운 민간 원림으로 꼽히는 이곳은 명곡 오희도가 자연을 벗 삼아 살던 곳으로, 아들 오이정이 명옥헌이라 이름지었다.

계곡수가 청아하게 부딪치는 소리를 내는 정자라 하여 명옥헌鳴玉軒이다. 명옥헌은 배롱나무가 아름답다. 청아한 선비들은 왜 한여름 내내 붉은 꽃을, 마음 산란하게 하는 꽃을 주위에 그토록 심어 놓았는지. 왜 절집의 스님들도 석탑 옆에 하얀거 선방 뜨락에 그 붉은 나무들을 심어 놓았는지. 붉어서 아픈 마음 인두로 다시 지지는 고행인지. 죽은 이의 무덤가에는 왜 붉은 꽃을 심어 놓은 것인지.

매미 피울음 쏟아지는 땡볕 아래
선홍빛 가슴 활짝 열어젖히고
꽃 염주 돌리고 있다
아연 화안해진 법당 안 부처님만
색즉시공 공즉시색
마음 하나 흔들리지 않고
하안거 중인 스님들의 온몸에 불이 난 땀띠인가
화두 깨우치는 밝음인가

-김종구, 「백련사 배롱나무」에서

담양에서 올라오는 길에 백양사에 들렀다. 백양사 탑
아래 휘늘어진 수백 년 묵은 배롱나무에 벌들이 잉잉거
리던 옛날 기억을 찾아갔다. 벌들은 보이지 않았지만,
탑 아래 늠연하게 가지를 늘어뜨린 배롱나무의 꽃들이
의연했다. 돌탑의 이끼는 검푸른데 꽃들은 마당에 피를
뿌리며 처연했다. 탑을 돌고 돌아 절집 입구로 나오는
길에 이른 아침부터 대웅전 뜨락 잔디밭에서 풀을 뽑는

223

명옥헌 배롱나무

스님을 만났다. 스님은 야위어 가는 여름 햇볕 아래 땀을 흘리고 있었다. 왜 선방의 수행 스님들 곁에 산란한 붉은 꽃을 심는지 물었다. "스님들은 하안거夏安居라고, 고작 구십 일 동안 용맹정진하는데, 저 꽃은 백일 동안 흐트러지지 않고 정진합니다. 그래서 배롱나무가 부처꽃입니다……." 부처나 예수의 사랑은 슬픈 절망이었을 것이다. 예수의 사랑은 생명을 바치는 것이었고, 부처 또한 목숨을 잊는 것이었으니.

올해도 저 허공에 던져둔 화두를 향해
굵직한 가부좌로 틀어 앉은 목백일홍
漸悟行, 오랜 修行으로 굽은 가지, 삼매에 들다

- 송정란, 「선운사 배롱나무 夏安居에 들다」

가끔 꿈속에서 너를 만난다
- 선운사 상사화

선운사 상사화

꽃들에게서 위로를 받았다. 이파리가 하나도 없는 기다란 연녹색 꽃
대 끝에 예닐곱 개의 봉오리가 서로 엉겨 붉은 화관花冠을 만드는 꽃, 왕
관처럼 빛나는 붉은 꽃 '꽃무릇', 석산 혹은 상사화. 고창 선운산 도솔천
에 무리지어 피어난 그녀들은 지금까지 지녀왔던 계절의 상투적인 이미
지를 바꾸어놓았다. 하늘거리는 코스모스와 갈대의 서걱거림과 퇴락
한 빛깔로 떠오르는 가을. '꽃무릇' 붉은 잔치판은 가을이 결코 스러져
가는 것들의 차지만은 아니라는 사실을 명징하게 보여준다. 본디 상사
화는 여름에 피어나는 노랑에 가까운 주황색 꽃이다. 추석 전후에 붉게
피어나는 '꽃무릇'이 제 이름을 외면당하고 상사화로 불리는 연유는 생

태가 상사화와 비슷하기 때문이다.

　이파리만 무성하게 돋아나 '살찐 부추' 같기도 한 꽃무릇은 여름이 오면 어느 날 모두 사라지고 만다. 땅속으로 들어가 알뿌리의 부식토로 자신들을 헌정한 것이다. 그러다가 가을이 오면 불쑥 꽃대 하나를 내민다. 그 꽃대는 점점 키가 커져 마침내 붉은 꽃을 매단다. 그것이 '꽃무릇'인데, 꽃대가 마늘대처럼 이파리 하나 없이 밋밋해서 석산石蒜이라고도 부른다. 한자를 직역하면 '돌마늘'이다. 시월이 가고 십일월이 오면 꽃은 어김없이 스러지고 그 자리에 다시 무성한 잎이 돋아난다. 이렇다 할 열매도 없이 꽃은 그냥 사라진다. 이러한 행태를 두고 말하기 좋아하는

이들은 꽃과 잎이 영원히 서로 만나지 못하는 '이별꽃'이라고 했고 '상사
화'라고도 불렀다.

남은 부분은 생략이다
저 물가, 상사화 숨막히게 저내려도
한 번 건넌 물엔 다시 발을 담그지 않으리라
널 만나면 너를 잃고
그를 찾으면 이미 그는 없으니
십일월에 떠난 자 십일월에 돌아오지 못하리라

번뇌는 때로 황홀하여서

아주 가끔 꿈속에서 너를 만난다

상처로 온통 제 몸 가리고 서 있어도

속이 아픈 사람들의 따뜻한 웃음

오래 그리웠다

산을 오르면서 누구는 영원을 보고 누구는 순간을 보지만

애써 기다리지 않아도 갈 것은 가고 올 것은 온다

사람이 평생을 쏟아부어도 이루지 못한 평화를

온몸으로 말하는 나무와 풀꽃같이

그리운 것이 많아도 병들지 않은

무욕의 정신이여

그때 너는 말하리라

고통이라 이름한 지상의 모든 일들은

해골 속 먼지보다 가볍고

속세의 안식보다 더한 통속 없으니

뼈아픈 사랑 없이는

어떤 하늘도 견뎌낼 수 없다는 것을

기다리지 않아도 마침내 밤이 오고

마지막 새소리 떨어져내릴 때

- 권경인, 「슬픔의 힘」

시인은 말한다. 속이 아픈 사람들의 따뜻한 웃음, 오래 그리웠다고. 꽃무릇 긴 꽃대 위의 꽃은 시인에게 붉고 따뜻한 웃음이다. 비록 널 만나면 너를 잃고 그를 찾으면 이미 그는 없지만, 번뇌는 때로 황홀하여서 꿈속에서 만나기도 한다. 붉은 꽃은 시인에게 상처의 갈라진 틈에 흐르는 핏물의 빛깔쯤이다. 그러나 고통이라 이름한 지상의 모든 일들은 해골 속 먼지보다 가볍고, 애써 기다리지 않아도 갈 것은 가고 올 것은 온다. 기다리지 않아도 마침내 밤은 온다. 그러니 그대들 평화를 누리라. 속세의 안식보다 더한 통속 없으니, 뼈아픈 사랑 없이 하늘의 무게를 견뎌낼 생각은 하지 마시라. 그리운 것이 많아도 병들지 않는 무욕의 정신을 키워라. 상념의 꽃은 시인의 상처에서 상사화와 더불어 이렇게 다시 피었다.

꽃무릇은 배롱나무처럼 사찰 주변에서 많이 피어난다. 그중에서도 영광 불갑사와 고창 선운사가 꽃무릇의 자생지로 유명하다. 선운사 관리 사무소에서 도솔암으로 오르는 계곡 주변에 꽃무릇은 지천으로 피어난다. 선운사로 출가한 스님을 사모한 여인이 절 밖에서 그를 목메어 기

다리다 '상사화'가 되었다는 전설도 있다. 구월이 와서, 선운사 관리사무소에 문의했을 때 십 일경부터 피기 시작할 거라는 소식을 들었다. 조급함을 누르고 며칠 뒤에 내려갔을 때 꽃무릇은 막 얼굴을 내밀고 있었다. 그것도 반가웠는데 동행한 그 지역의 시인 하나는 대단히 실망한 표정이었다. 이 녀석들이 한꺼번에 피어야 입을 다물지 못하는 감동을 맛볼 수 있노라고 했다.

　다시 일주일쯤 지나 추석이 와서 노모와 땅속에 누워 있는 분들에게 안부를 전하기 위해 고향에 내려갔을 때, 전 부치는 고소한 냄새를 빠져나와 다시 선운사로 달려갔다. 연녹색 꽃대 위에서 붉디붉게 계곡을

환하게 밝히는 꽃들의 잔치판이라니. 그것은 분명히 위로였다. 권경인 시인은 그 비결을 '슬픈 힘'이라고 불렀다. 괜찮다, 다 괜찮다, 지난 계절 내내 비록 땅속에서 어둡고 고통스러웠으나 이제 다 괜찮다고 일제히 합창하듯 붉은 얼굴을 흔들어대는, 혼연한 슬픔의 노래였다.

너의 운명은 네 성격 탓이었으리라
육지의 발끝에라도 달려가 붙어 있거나
아니면 물속으로 차라리 잠겨 버릴 일이지
이만큼 거리를 두고 외따로 떨어져

댓잎으로 바람 향해 울을 치고

아침바다 같은 것들만 네게 오게 하는 것이

오지 못하게 한 것들로 한없이 외롭게 사는 것이

너의 운명은 네 고집 탓이었으리라

떠나온 곳에 대한 사랑을 완전히 버리거나

아니면 네 가슴에인가 몇 채라도 지어

고즈넉한 사람 한둘쯤은 살게 할 일이지

제 깊은 곳에 상사화 몇 포기 자라게 하고

저녁마다 언덕 위에 왕달맞이꽃 키우면서도

바위너설이 물살에 다 문드러지도록 홀로 사는 것이

부드러운 네 고집 탓이었으리라

댓잎 같은 네 성격 탓이었으리라

- 도종환, 「무인도」

'제 깊은 곳에 상사화 몇 포기 자라게 하고' 부드러운 고집으로 외로
움을 스스로 불러들이는 무인도. 시인은 상사화에서 무인도의 속 깊은
외로움을 보지만, 상사화는 정작 외롭지 않다. 상사화는 만나지 못할

것을 만나기 위해 애쓰는 게 아니라, 비록 만나지는 못해도 잎은 꽃을, 꽃은 잎을 배려해 주어진 시간을 헌신적으로 살아내는 꽃이다. 무성한 잎이 피어나 어느 날 흔적도 없이 모두 사라지는 이유는 땅속의 알뿌리를 위해 왕성한 광합성을 한 뒤 부식토가 되기 위함이요, 그 자리에서 홀연히 올라와 피우는 꽃은 잎의 헌신을 기념하기 위한 노래다. 그 꽃으로 인해 존재가 명징하게 드러나는 것이다.

식물학자들은 잎과 꽃이 서로 그리워할 리 만무하다고 실소를 머금는다. 암술과 수술이 그리워한다면 그럴 듯하지만 잎과 꽃은 서로 아무런 연관도 없는 사이라는 것이다. 사찰 주변에 꽃무릇이 많은 이유도 스님을 그리워한 여인이 꽃이 되었다는 속설과는 달리 꽃무릇, 석산의 알뿌리에 함유된 성분이 탱화나 불경에 좀이 슬지 않게 만들어주기 때문이라고 과학적으로 설명한다. 알고 나면 시시하다. 지당한 말이지만 식물들도 살기 위해, 살아남기 위해 다양한 전략을 구사한다.

잔디밭에 쓰러진

분홍색 상사화를 보며

혼자서 울었어요

쓰러진 꽃들을

어떻게

위로해야 할지 몰라

하늘을 봅니다

비에 젖은 꽃들도

위로해주시구요

아름다운 죄가 많아

가엾은 사람들도

더 많이 사랑해주세요

          - 이해인, 「작은 위로」에서

   이해인 수녀는 꽃들에게서 사람의 마음을 읽었다. 고독하게 솟아나 긴 꽃대 위에 꽃을 매달았다가 비바람에 쓰러진 상사화. 쓰러진 상사화에서 아름다운 죄가 많아 가엾은 사람들을 보았다. 오늘도 아름다운 죄를 짓기 위해 다시 눈을 뜬다. 사람만 죄를 짓는다. 식물의 세계에는 죄라는 단어조차 없다. 피고 질 뿐이다.

239
선운사 상사화

머리핀 대신 꽂아도 좋을 사랑

- 영평사 구절초

영평사 구절초

영화 '웰컴 투 동막골'에서 조금 모자란 여인으로 등장해 강원도 사투리를 능란하게 구사하며 순정한 이미지를 잘 살려냈던 배우 강혜정이 머리에 꽂았던 꽃 이름은? 임하룡이 그녀가 제정신이 아닌 여자라며 "자래 머리에 꽃 꽂았습네다"라고 했던 그 꽃 말이다. 에두르지 않고 빨리 말하자면 이 질문의 정답은 '구절초'다. 가을이 시작되면 우리 산야에 무수히 피어나는 대표적인 가을꽃이다. 서리가 내리고 찬바람이 불면서 가을이 저물면 구절초도 함께 진다. 머리에 꽃을 꽂으면 왜 모자란 사람이 되는지는 모르겠으되, 강혜정이 꽂은 구절초는 순박하고 청초한 이미지를 위해서는 제대로 선택한 꽃이었다. 눈물의 시인 박용래

도 구절초를 '머리핀 대신 꽂아도 좋을 사랑'이라고 노래했다.

누이야 가을이 오는 길목 구절초 매디매디 나부끼는 사랑아

내 고장 부소산 기슭에 지천으로 피는 사랑아

뿌리를 대려서 약으로도 먹던 기억

여학생이 부르면 마아가렛

여름 모자 차양이 숨었는 곳

단추 구멍에 달아도 머리핀 대신 꽂아도 좋을 사랑아

여우가 우는 秋分 도깨비불이 스러진 자리에 피는 사랑아

누이야 가을이 오는 길목 매디매디 눈물 비친 사랑아

-박용래, 「구절초」

안도현 시인은 이 시를 열일곱 살 때 처음 읽었지만 정작 구절초라는 꽃을 모르고 막연히 가을이면 피는 꽃이겠지, 뭔가 청순하고도 서러운 느낌을 간직한 꽃이겠지 어림짐작만 했다고 한다. 구절초는 모르고 시 「구절초」만 좋아했다는 것이다. 그가 구절초를 보게 된 것은 그 후 이십여 년이 지난 뒤였는데, 꽃이 귀해서가 아니라 무관심했기 때문에 꽃이 그에게 오지 않았을 뿐이라는 자각에 이르렀다. 그리하여 어느 초가을 날, 산비탈에 무리 지어 피어 있는 구절초를 만났던 날, 그는 참회의 시 한 편을 썼다.

쑥부쟁이와 구절초를
구별하지 못하는 너하고
이 들길 여태 걸어왔다니

나여, 나는 지금부터 너하고 絶交다!

- 안도현, 「무식한 놈」

공주 영평사에 가서 메밀꽃처럼 한데 모여 하얗게 피어난 구절초를 만났다. 영평사 주변은 물론이고 장군산 기슭 만여 평을 수놓은 그 구절초들은 자생적으로 피어난 꽃이 아니라 주지 환성 스님이 구절초의 청아한 순수에 반해 사찰 주변에 십여 년 전부터 가꾸었다. 구절초는 불가에선 어머니의 사랑이 깃든 식물이라고 하여 선모초仙母草라고도 부른다.

『약용식물사전』을 보면, 구절초는 여인의 손발이 차거나 산후 냉기가 있을 때에 달여 마시는 상비약으로 써 왔다. 꽃을 말려서 술에 적당히 넣고 약 한 달이 지난 후에 마시면 은은한 국향과 더불어 강장제와 식

욕촉진제가 되고, 이때 술은 배갈이 좋다고 전한다. 구절초는 음력 구월 구일에 채취하는 게 가장 좋다는 속설이 있다. '구절초九節草'라는 이름이 이 사실에서 유래했고, '구일초九日草'라고 부르는 까닭도 여기에 있다. 쑥부쟁이, 개미취와 함께 들국화로도 불린다.

'소박하다'는 형용사는 국어사전에 '꾸밈이나 거짓이 없이 있는 그대로이다'로 풀이돼 있다. 장식을 두르지 않은, 화장하지 않은 맨얼굴의 아름다움을 일컬을 때 가장 적절하게 쓰일 법하다. 꽃의 소임이라면 벌, 나비를 끌어들여 열매를 맺는 것일 터인데, 가을의 구절초가 소박한 이유는 무엇일까. 봄꽃들은 너나없이 피어나기 때문에, 어쩔 수 없이 다른 꽃들과 치열하게 경쟁해야 하기 때문에, 나름대로 화장도 하고 다양한 전략을 세울 수밖에 없을 터이다. 여름꽃은 더 말할 나위도 없다. 진한 향기나 화려한 빛깔들로 치장해 생명의 씨앗을 잉태하기 위해 눈물겨운 노력을 벌이는 것이다. 여름이 가고 가을이 오면서 많은 경쟁자들은 사라진다. 그리하여 소박해도 충분하다.

저녁 숲에 내리는 황금빛 노을이기보다는
구름 사이에 뜬 별이었음 좋겠어
내가 사랑하는 당신은
버드나무 실가지 가볍게 딛으며 오르는 만월이기보다는
동짓달 스무날 빈 논길을 쓰다듬는 달빛이었음 싶어
꽃분에 가꾼 국화의 우아함보다는
해가 뜨고 지는 일에 고개를 끄덕일 줄 아는 구절초이었음 해.

— 도종환, 「내가 사랑하는 당신은」에서

왜 사람들은 화려한 아름다움에 대해 본능적으로 두려움을 느낄까. 불안 때문일 것이다. 화려하게 아름다운 것을 쟁취하려면 수많은 경쟁자를 물리쳐야 한다. 구절초에 애틋하게 마음을 주는 것은, 많고 흔한 그 꽃에 정을 주는 까닭은, 쓸쓸하게 낮은 곳에 무리 지어 피어있지만 꼼꼼히 들여다보면 다른 어느 꽃보다 청결하고 명징하며 순정한 아름다움이 깃들어 있기 때문이다. 나만 아는(알기를 바라는) 당신의 아름다움, 깊이 유폐된 독점적인 사랑의 욕망 때문일지도 모른다. 그래서 "꽃분에 가꾼 국화의 우아함보다는 해가 뜨고 지는 일에 고개를 끄덕일 줄 아는 구절초"의 순하고 깊은 정에 그리 끌리는 것일 게다. 사랑이라는 명분의 껍질 안에는 독점의 욕망이 강력하게 자리 잡고 있다. 원시시대 이래 동굴에 여자를 가두고 나온 사냥꾼의 유전자가 그 사랑이라는 이름의 혈액에 맥맥히 흐른다.

늦가을 시린 달빛을 밟으며 마을을 벗어난 하얀 길을 따라가다 보면

느티나무에다 등을 기대고 달을 보며 환한 이마로 나를 기다리던

그 여자

내가 그냥 좋아했던 이웃 마을 그 여자

들 패랭이 같고

느티나무 아래 일찍 핀 구절초꽃 같던 그 여자

— 김용택, 「애인」에서

구절초는 가까이 들여다보면 환하게 깔깔거리는 초등학생 얼굴 같다. 진노랑 암술을 둘러싸고 이십여 개의 꽃잎이 활짝 웃는다. 작은 해바라

꽃에게 길을 묻다

영평사 구절초

기 같기도 하다. 초등학생이 여고생이 되고 다시 여물어 장성한 처자가 되어 어느 '모자란' 여인의 머리칼에 머리핀처럼 꽂혔을 때, 혹은 어느 깊은 절 주지스님의 눈에 띄어 사방에 무리 지어 피어날 때, 구절초는 더 이상 숨어 있는 소박한 존재가 아니라 장미나 백합보다 더 화려한 꽃이다.

밤새 하얗게 하얗게 서리 내려 내 가슴 뒤척이다가 시들어 은행잎 수북히 쌓인 길 쭉정이 몸 응크리고 상처 위에 상처 덧쌓일까 발 비켜 딛으며 공사장 가는 새벽 안개 속 피어오르는 그리운 얼굴 있어 눈물 피잉 돌아 쳐다본 언덕

가슴 속에서 걸어 나가

저기

하얗게 핀

그리움

— 김해화, 「山구절초」

영평사 뒤쪽 장군산 기슭에 하얗게 피어 있는 구절초는 장관이다. 꽃밭 천지로 좁은 길이 나 있다. 그 길로 '구절초 축제'와 산사음악회를 구경하러 온 연인들이 오간다. 김해화 시인은 구절초에서 과거형의 '하얀 그리움'을 읽었지만, 이들은 무리 지어 피어 있는 꽃밭에서 그리워할 미

래의 추억거리를 열심히 만드는 중이다. 가을 해는 짧아서 금세 장군산 구절초 밭에도 어둠이 밀려오기 시작한다. 구절초 천지 위로 달이 뜨고 별이 뜰 것이다. 유안진 시인은 구절초에서 비구니의 이미지를 보았다. 그리움과 한을 꼭꼭 가슴 밑바닥에 눌러 숨기고, 사바세계의 헛된 번뇌를 모두 끊어 생의 궁극을 찾기 위해 산야를 만행하는 여승의 이미지를 보았다. 하늘에 뜬 별이 성자의 미소를 띠고 그 비구니들을 다사롭게 굽어본다.

들꽃처럼 나는

욕심 없이 살지만

그리움이 많아서

한이 깊은 여자

서리 걷힌 아침나절

풀밭에 서면

가사장삼袈裟長衫 입은

비구니의 행렬

그 틈에 끼어든

나는

구절초

다사로운 오늘 볕은

성자聖者의 미소

－ 유안진, 「구절초」

꿈은 남쪽바다로만 걷는다

– 거제·마량 동백꽃

거
제
·
마
량
동
백
꽃

동백은 꽃이 아니라 노래로 먼저 만났다. 해안가에 주로 분포하는 동백을, 어린 시절에 살았던 들녘마을에서 만나기는 어려웠다. 다만 어머니의 콧노래로 '동백 아가씨'라는 노래가 있다는 사실은 알았고, 나에게 동백은 그 노래의 이미지로 굳어져 있었다. "헤일 수 없이 수많은 밤을 내 가슴 도려내는 아픔에 겨워 얼마나 울었던가 동백 아가씨, 그리움에 지쳐서 울다가 지쳐서 꽃잎은 빨갛게 멍이 들었네……" 한 많고 정 많은 이미지요, 어린 시절 보듬어주던 막내 고모의 이미지로 다가오는 꽃이었다.

그 동백을 처음 접한 것은 충남 서천의 마량리 동백나무숲에서였다. 동백이 아니라 춘백이었다. 그곳은 동백의 북방한계선으로, 사월이나 되어야 만개한다. 처음 동백을 만났을 때의 감동은 컸다. 꽃송이 하나가 주먹만 한 데다 어찌나 빛깔이 붉던지. 조금 멀리 떨어져서 보면 동백이 아니라 잘 익은 사과가 주렁주렁 매달린 듯 착각할 정도였다. 더욱이 오백여 년 수령의 커다란 동백나무 아래 자욱하게 떨어져 뒹구는 동백들이란 또 얼마나 장관이던지.

처음 마량에서 동백을 접한 뒤로 벗들을 데리고 그 이후로도 여러 번 서천 동백나무숲을 찾았다. 여러 번 가도 감동은 식지 않았다. 숲 앞쪽에 자리 잡은 서천 화력발전소만 아니었더라면 경관은 더욱 근사했을 테지만, 그런 아쉬움을 접고 나면 동백숲 언덕 위 동백정에서 서해답지 않게 푸른 바다를 조망하는 기분이랄지, 인근 홍원항이나 춘장대에서 동백의 여운을 즐기는 맛도 괜찮았다. 그 뒤로 동백은 남해안이나 제주 등지에서 자주 부딪쳤다. 어디를 가도 마량리 동백만큼 꽃송이가 탐스럽지도 않을뿐더러, 특별한 감흥을 불러일으키지 못했던 것 같다.

이제야 그 이유를 알 것도 같다. 꽃은 모양만으로는 감흥을 불러일으키기 쉽지 않다는 사실을. 어떤 사람과 어떤 배경을 거느리느냐에 따라 아무리 못생긴 꽃이라도(그런 꽃이 존재할 리는 없겠지만), 특별한 감동을 주는 것이다. 나는 지금 동백의 얼굴을 보러 떠난다. 거제도 남쪽 끝 저구 마을, 그곳에 가면 동백꽃은 물론 그 동백처럼 붉고 따뜻하게 살아가는 시인 부부도 만날 수 있다. 아직 겨울이지만, 봄은 한파 속에서도 어쩔 수 없이 기미를 드러낸다. 햇빛의 질감이 미묘하게 달라지고 심장에 솟구치는 피도 조금씩 더 따뜻해지는 것 같다. 바야흐로 봄은 지금 부지런히 뛰어오는 중이다. 동백은 봄보다 먼저 와서 한겨울에도 희망을 전하는 꽃이다. 지금 남쪽 바닷가는 동백들로 붉다. 푸른 바닷물도 붉은 그림자에 젖어 있다.

동백은 두 번 꽃을 피운다. 살아서 한 번, 죽어서 한 번. 나뭇가지에 매달려 있는 동백은 그 자체로 아름답지만, 추하게 시들기 전에 동백은 성큼 송이째로 뛰어내린다. 동백나무 그늘에 자욱하게 깔려 있는 동백꽃 송이들은 가지에 매달려 있을 때보다 더 장관이다. 송찬호 시인은 땅바닥에 핀 동백을 일컬어 "떨어져 뒹구는 노래가 되지 못한 새들"이라고도 했다. 바닥에서 부르는 동백의 노래야말로 더 처연하고 아름답다. 죽음이 어두운 것만은 아니다. 동백은 삶과 죽음의 경계에서 피어난다.

남쪽으로 내려가는 길 내내 진눈깨비가 날렸다. 거제도에 이르렀을 즈음에는 비로 변해가고 있었다. 저구마을 시인 이진우를 만나기로 한 시각이 훌쩍 지나버렸다. 저구마을 가는 길에 천연기념물로 지정된 학동 동백나무 숲이 보인다. 아무리 바빠도 시인을 만나기 전 동백과 먼저 인사를 나누지 않을 수 없다. 빗물에 반짝이는 짙은 녹색 이파리들, 그 이파리와 함께 빗물에 젖어 붉은 눈물을 흘리고 있는 동백꽃들이 바람에 이리저리 몸을 흔든다.

이진우는 1999년 '지옥 같은' 서울생활을 청산하고 아내와 아이들을

262

263
거제·마량 동백꽃

데리고 이곳 먼 남쪽 마을로 내려왔다. 서울이 고향인 아내는 이주 초기에 텔레비전만 안고 살았다. 화면에서 자신이 살던 동네가 나오면 눈물을 흘렸다. 그러나 지금(2004년)은 바닷가 명사초등학교에 다니는 두 아이랑 남편이랑 동박새처럼 알콩달콩 살아간다. 이진우는 이곳에 내려와 펴낸 시집『내 마음의 오후』에서 "꿈은 남南으로만 걷는다"고 했다. '얼지 않는 남쪽바다'에서 '따뜻한 꿈'을 꾸기 위해 왔다.

시인과 함께 인근 포구 '도장포'로 갔다. 이곳은 동백이 야생 그대로 잘 보존된 곳이지만 외지인들에게는 그리 알려지지 않은 편이다. 도장포 언덕으로 올라가는 돌담길 왼쪽에 동백나무가 숲을 이루고 있다. 동백 터널 속 돌담 아래, 가지에서 떨어진 꽃송이가 무수하다. 자욱하게 피어 있는 동백의 상처들. 송찬호 시인은 "동남풍/ 바람의 밧줄에/ 모가지를 걸고는/ 목숨들이 송두리째/ 뚝, 뚝 떨어져" 내린다고 동백의 죽음을 묘사한 적도 있다. 거제의 길에는 동백을 가로수로 심어놓았다. 어처구니없게도 땅에 떨어지지 않고 가지 위에서 시드는 동백 가로수를 개량종으로 만들어낸 적이 있다. 동백의 매력을 지워버린 착오였다.

도장포에서 시인의 집으로 돌아오는 길, 시인은 홍포에 잠시 들렀다 가자고 했다. 어둔 바다 멀리 동백보다 더 붉은빛으로 석양이 물들고 있었다. 가장 아름다운 석양을 볼 수 있는 포구라고 해서 이름도 붉은 포구, '홍포紅浦'다. 홍포에 이르렀을 때 해는 이미 바다 밑으로 내려가 버렸다. 동백만 어두워지는 포구를 붉게 밝히고 있다.

　송찬호 시인은 시집『붉은 눈, 동백』에서 "바람이 동백꽃을 베어 물고 땅으로 뛰어내리기 전에 어서 문장을 완성해야만 한다"고 썼지만, 우리는 더 어두워지기 전에 동백과 확실하게 눈을 맞추어야만 했다. 무릇 모든 살아 있는 것들은 시간과 겨루면서 살아간다. 시간을 이기는 생명은 없다. 동백은 그 숙명을 보아란 듯이 거부한다. 살아서는 가지에서, 죽어서는 바닥에서 다시 피는 꽃으로.

　저구마을 시인의 집 창문에서 따뜻한 불빛이 새어나온다. 시인의 아내가 저녁을 지어놓고 기다린다. 시인은 이곳 저구마을에서 생계를 위해 민박집을 열었다. 민박집 안주인의 이력 때문일까. 시인의 아내 조연

수 씨가 끓여내는 농어매운탕이 일미다. 초등학교에 다니는 귀여운 두 아이도 밥상머리에서 재잘재잘 떠든다. 아이들이 주인 같다. 아이들은 서울 손님에게 궁금한 것들을 쉴 새 없이 묻고 스스로 대답한다.

'저구'라는 마을 이름은 맷돼지 아홉 마리라는 뜻도 되고, 맷돼지가 원수라는 의미로도 통한다. 저구마을 앞에 긴 뱀 형상의 섬 '장사도'가 떠 있는데, 그 음기를 막기 위해 맷돼지 아홉 마리를 마을 이름으로 삼았다. 그런가 하면 맷돼지란 놈들이 산에서 내려와 농작물들을 망쳐놓는 바람에 돼지 저猪자에다 원수 구仇자를 덧붙였다는 설도 있다.

거제도 굽은 길을 따라 한참을 달리다 보면

세상을 잊고 달리다 보면

긴 뱀이 섬으로 누워 있는 바다가 있다

주머니가 늘 비어 두 손을 내놓고 다니는 사람들이

갈라지는 목소리로 다투어 안부를 묻는 버스 정거장에서

바다가 가끔 펄떡인다

저구에 닿으면

바다가 먼저 안부를 묻는다

버려진 집들이 아는 체를 하고

아이들이 뒤를 쫓아다닌다

바다를 목에 두르고

자갈로 머리를 장식한 해변에

세상의 모든 것이 쓸려와 마을을 이룬 해변에는

생각이 많은 바람과

쉬지 않고 몸질하는 파도가 있다

수평선 너머로 해가 지면

바다에서 쏟아진 별이 하늘을 채운다

별을 보고 짖던 개가 제물에 지치면

파도는 한껏 졸고

막걸리 양조장이 문을 닫으면

바람은 대숲에서 잠을 청한다

아직 주인을 찾지 못한 꿈 몇이

바다에 일렁이는 달빛으로 배를 불리는 밤

저구의 밤은 깊다

- 이진우, 「저구마을」

저구의 밤이 깊어갈 무렵 시인과 함께 시인의 친구 집을 찾았다. 그 친구 임진강 씨와 기울이는 술잔 속에 자연스레 동백에 대한 이러 저런 얘기가 오갔다. 이진우는 생계를 위해 동백 열매를 주워 기름을 짜서 팔 궁리도 했다고 고백했다. 동백기름은 예전에 여인들이 머릿기름으로 즐겨 사용했지만 요즘은 그 색다른 효능 때문에 새롭게 각광을 받고 있다고 했다. 동백은 동백기름이 아니더라도 어쩔 수 없이 여인의 이미지로 떠오른다. 그것도 젊은 여인이 아닌, 최소한 삼십 대 후반의 농익은 여인이다. 노란 수술과 붉은 꽃잎은 저고리 같고, 청록의 이파리는 치

마 같다. 넓은 꽃잎에 둘러싸인 진노랑 수술에서는 촌색시가 모처럼 나들이를 나서면서 얼굴에 발랐음직한 지분 냄새도 난다.

　다시 날이 밝았다. 전날과 다르게 햇빛이 제법 화사하다. 동백의 얼굴도 밝아졌다. 시인이 아내와 함께 홍포 가는 길 동백숲까지 따라왔다. 난만한 동백꽃을 배경으로 저구마을 부부를 카메라에 담았다. 시인이 장난스럽게 동백꽃 한 송이를 아내의 머리에 꽂아주려 하자, 아내가 쑥스러운 표정으로 미소를 짓는다. 미소가 동백처럼 붉다.

전문 인용 출처

나태주, 「산수유꽃 진 자리」『나태주시전집』(고요아침)

김사인, 「개나리」『밤에 쓰는 편지』(문학동네)

서정주, 「봄」『화사집』(문학동네)

나태주, 「자운영꽃」『나태주시전집』(고요아침)

김종해, 「해당화 심던 날」『풀』(문학세계사)

박규리, 「치자꽃 설화」『이 환장할 봄날에』(창비)

안도현, 「꽃 지는 날」『너에게 가려고 강을 만들었다』(창비)

안도현, 「석류」『아무것도 아닌 것에 관하여』(문학동네)

고은, 「삼지연 젊은 아낙」『늦은 노래』(민음사)

정한용, 「도라지꽃」『흰 꽃』(문학동네)

도종환, 「목백일홍」『부드러운 직선』(창비)

이성복, 「그 여름의 끝」『그 여름의 끝』(문학과지성사)

안도현, 「20세기가 간다」『바닷가 우체국』(문학동네)

송정란, 「선운사 배롱나무 하안거에 들다」『허튼층쌓기』(고요아침)

권경인, 「슬픔의 힘」『변명은 슬프다』(창비)

도종환, 「무인도」『해인으로 가는 길』(문학동네)

박용래, 「구절초」『먼 바다』(창비)

안도현, 「무식한 놈」『그리운 여우』(창비)

김해화, 「   구절초」『누워서 부르는 사랑노래』(실천문학사)

유안진, 「구절초」『빈 가슴 채울 한 마디』(미래사)

이진우, 「저구마을」『내 마음의 오후』(천년의 시작)